講談社文庫

合理的にあり得ない

上《かみ》水《づ》流《る》涼《りょう》子《こ》の解明

柚月裕子

講談社

目次

合理的にあり得ない

上水流《かみづる》涼子《りょうこ》の解明

確率的にあり得ない

一

まだ十一月だというのに、外は北風が吹いていた。残暑が厳しかった今年は、秋が短く冬の到来が早い。都内にある高層ホテルのロビーラウンジからは、大通りの交差点が見渡せた。道行く人たちはみな肩を竦《すく》め、寒さから身を守ろうとしている。ロビーのなかは、空調がきいて快適な温度に保たれていた。だが、ラウンジの椅子《いす》に座る新井大輔《あらいだいすけ》の背中には、じっとりと汗が滲《にじ》んでいた。

大輔の隣には社長の本藤仁志《ほんどうひとし》がいた。本藤は数字を書き込んだ小切手をテーブルに置くと、白い歯を見せて笑った。

「いやあ、これでうちの会社も安泰だ。これからもよろしくお願いします。先生」

テーブルを挟んで、新井たちと向かい合ってソファに座っている高円寺裕也《こうえんじゆうや》は、口元に笑みを浮かべて肯《うなず》いた。

「こちらこそ」

――本当に、大丈夫なんだろうか。

秘書の大輔は、テーブルの上に置かれた五千万円の小切手を前に、言いようのない不安に駆られていた。

本藤は藤請《とうしん》建設の代表取締役を務める二代目経営者だ。今年で四十五歳になる。父親である先代が二年前に脳梗塞《のうこうそく》で他界し、専務だった本藤が跡を継いだ。

先代の本藤和夫《かずお》は、中堅ゼネコンの藤請建設を一代で築き上げた立志伝中の人物だった。

和夫の出身は岡山だ。家が貧しかったため、土木現場で働きながら夜間高校に通い、卒業後、地元の土建会社に就職した。現場で荒くれ作業員を相手に一歩も退《ひ》かず、人心を掌握して作業納期を死守した逸話は、トピック事項として社史にも詳しく書かれている。

やがて独立し、有限会社本藤土木を設立した和夫は、岡山のブルドーザーの異名を取った。他府県にも積極的に進出し、破竹の勢いで業績を伸ばした。田中内閣の日本列島改造ブームに乗り、社員五名ではじめた有限会社本藤土木は、創立二十年で株式会社藤請建設と社名を改め、本社を岡山から東京に移した。四十年経ったいまでは、従業員八百名の二部上場会社に発展している。

大輔は今年、若手と中堅の境目となる、三十代の大台に乗った。藤請建設に入社して八年、秘書課に勤めて四年になる。大学を卒業したあと藤請建設に就職し総務部に配属されたが、裏表のない実直な性格を先代に認められ、入社四年で秘書課に抜擢《ばってき》された。

もっとも、人物を買われたというのは表向きで、和夫は郷土愛と身内意識が強く、自分の手足となる秘書はすべて、縁戚か同郷の岡山県人で固めていた。大輔もご多分に漏《も》れず岡山の出身だ。

大輔は秘書課に配属されてから、それまで以上に身を粉《こ》にして働いた。朝は六時半に出社し、夜は接待が終わるまで身近に控え、どんなに遅くなろうと担当する役員を自宅にまで送り届ける。土日もやれゴルフだ釣りだと、プライベートの休みは年間に数えるほどしかなかった。おかげでいまでも独身だ。

本藤が社長になってからも秘書課の体制は堅持され、大輔はそれまでの滅私奉公ぶりが評価されたのか、昨年の四月、常務付から専務付を飛び越して社長付へと、二階級特進で昇格した。

本藤をひと言で表すならば、少年のような人、という言葉がぴったりだと大輔は思う。浅黒い肌に人懐っこい瞳。大きく口を開けて屈託なく笑う姿は、やんちゃな少年を思わせた。

先代は人としても企業人としても優れていたが、本藤も先代と同じくらい器の大きい経営者だ、と大輔は思っている。

良くも悪くも、なんの苦労もなく二代目として育った本藤だが、人を睥睨《へいげい》するようなことはなかった。

世間の多くは、子供の頃から甘やかされて育った二代目のボンボンは世間知らずでプライドが高く、容易に人を見下す、という印象を持っているだろう。大輔も本藤の人柄に接する前は、そう思っていた。だが、本藤は違っていた。

一代で会社を築いた叩き上げの先代は、現場を知らなければ人の上には立てない、という信条を持っていた。その考えは、本藤も同じだった。

本藤は国立大学の理工学部を卒業したのち、一部上場の大手商社に就職した。

商社の資材調達部に五年勤務し他人の飯を食ったあと、既定路線どおり藤請建設に入社するや、自ら希望して現場に飛び込んだ。部長になったのは、現場で十年、働いたあとだった。その後は順調に役員の階段をのぼり、父親の片腕として一心不乱に会社を支えてきた。

本藤の身近に仕えるようになって、厳しさのなかで真の愛情を受けて育った人間は、人に優しさを与えることができる、と大輔は知った。

現場を知っている本藤は、社員に優しかった。常に現場の人間の立場に立ち、仕事と真摯に向き合ってきた。秘書である大輔にも、労《ねぎら》を労う言葉をかけたり体調を気遣うなど、なにかと心配りをしてくれた。

二

大輔は隣に座っている本藤を、小切手に視線を向けたまま目の端で捉えた。

本藤には人望があり、社員からも厚い信頼を受けている。先代と同じくらい慕われる経営者だと思う。だが、経営者としてはひとつだけ不安な点があった。

決断力だ。

先代は、自分ひとりの力で会社を築き上げた。なにごとにも自信があった。会社が経営の岐路《きろ》に立ったとき、どちらの道に進むか、常に自分で決めてきた。

しかし、本藤は違う。持って生まれた優しい性格のためか、すでに出来上がったものを受け継いだためか、決断力に欠けていた。

決断を強《し》いられる局面になると、机の前で目を閉じ、椅子に座って難しい顔でじっと考え込む。たまに動いたかと思うと、卓上から電話をかける。相手は先代の妻であり、本藤の母親でもある朝子《あさこ》だった。

朝子は本藤土木が設立されたころ、妻として先代を支えると同時に、会社の経理を担当していた。だが、事業が軌道に乗り株式会社に成長したとき、経理は社員に任せて一線から退《しりぞ》いた。

本藤は問題が起きると、決まって朝子に相談する。朝子の意見に頼り、自分で決断を下すことをしない。いや、できないのだ。ときおり社長室を訪れる朝子は「社長がしっかりしてくれないと困る。いつまでも親を頼ってちゃだめ」と、ドア越しにも聞こえる声で本藤を叱咤《しった》した。

だが、朝子への依存心は、思わぬ形で払拭《ふっしょく》された。本藤が朝子に代わる、新しい相談相手を見つけたのだ。

その相手が、いま向かいに座っている高円寺だった。

本藤と大輔が高円寺にはじめて会ったのは、今年の三月だった。

その日は夕方の六時から、建設団体の会合が赤坂のホテルであり、大輔は本藤に付き従っていた。会合が終わりホテルを出ると本藤は、大輔を行きつけのクラブに誘った。店の名前はレガーナ。銀座にある会員制のクラブだった。

本藤はレガーナの常連だった。大輔も秘書になってから、何度か連れて行かれたことがある。もっとも、大輔は秘書として役員についているときはいっさい、アルコールを口にしない。根が嫌いではないので、辛いと言えば辛かった。しかし万一のとき、アルコールが入っていれば大事に至る場合も、なきにしもあらずだ。やくざの親分に付き従うボディーガードと同じ気分だった。

店は八人掛けのカウンターに、ボックスが八席ほどある広さで、置かれているテーブルや花瓶などの調度品は、アンティークな装《よそお》いで統一されている。

ボックス席で大輔がペリエを飲んでいると、ママがやってきた。ママは本藤の隣に座ると、いらっしゃいませ、と科《しな》を作りながら着物の合わせを手で整えた。

本藤は話が上手かった。会話にユーモアを交え、ホステスたちの笑いを誘う。ひとしきり笑ったあと、ママは本藤の腿《もも》に手を置きながら言った。

「ほんと、本藤さんのお話はいつも面白いわ。そうそう、面白いといえば、いまお店に面白いお客様がお見えになっているのよ」

「なにが面白いんだ」

本藤が訊ねるとママは、他の人には聞かれたくない、とでもいうように、本藤の耳に口を寄せて囁《ささや》いた。

話を聞いた本藤は一瞬、真顔になったが、すぐに大きな声で笑った。

「おいおい、そんな胡散《うさん》臭い話、ママは信じてるのか。どうせ新手の、新興宗教かなにかだろう」

ママは拗《す》ねたように、本藤の膝を軽く叩いた。

「違うのよ。その方はね、本当に特別な力を持っているの。先のことが見通せるのよ」

ママの話によると、経営コンサルタントを名乗るその男は、半年前から店に現れるようになった。ある企業役員の紹介で店の会員になったのだが、この男があるとき、自分には予知能力があり、これから起こることがわかるのだ、そうぽつりと漏らした。

酒の上での話だ。酔っ払いの戯言《ざれごと》だろう。ママも最初は軽く受け流し、まったく本気にしていなかった。だが、ひと月前に、男の能力を目の当《ま》たりにする。

その日、ママは男と同伴していた。ワインを飲みながら早めの夕食をとり、店に向かうためにタクシーを探していると、近くにパチンコ店があった。男は、いまここで自分の力を見せようか、とママに言った。酒が入っていたこともあり、ママは面白半分で話に乗った。

男はパチンコ店に入ると、品定めをするように店内をひとまわりした。そして、突き当たりの壁面にある台と、右側の通路の奥にある台を指差し、あの台が当たる、とママに教えた。大当たりのオーラが見えるのだという。ママは半信半疑で突き当たりにある台を打った。すると、最初の五百円分の玉で大当たりがきた。ものの一分だった。大当たりはその後も続き、わずか三十分で、玉がぎっしり入った箱が六つ溜まった。大当たりしている間、生まれて初めて体験する興奮に、体が打ち震えた。何度目かの大当たりが終了すると、男は素早く店員を呼んだ。玉を景品と交換する。景品を手にした男は、すぐ戻るから、と言い残し店を出て行った。
二、三分で戻ってきた男から、「はい、これ。さっきの勝ち分」と渡された四枚の一万円札を見て、ママは目を丸くした。
「えっ、こんなに……いいの？」

「遠慮なくどうぞ。ママが引いた当たりだからね。それより、もう一台の方も打ってみなよ」

言われてもう一台も打った。そこも、すぐに大当たりがきた。一時間後、景品を交換すると六万円ちょっとになった。合わせて十万円の勝ちだった。

「この目で見ても、信じられなかった。でも、本当のことなのよ」

ママはエンドルフィンが脳内を駆け巡った瞬間を思い出したかのように、興奮してまくし立てた。

本藤はグラスの中身を一気に飲み干すと、鼻で笑った。

「人生、先のことがわかるなら、誰も苦労はしないよ。おおかた店とグルになって、ママを担いだんだろう。そんな嘘八百を信じているようじゃ、ママもまだまだ甘いな」

甘い、と言われたことが気に障《さわ》ったのだろう。ママは口を尖《とが》らせた。

「あら、じゃあ、お会いになってみたら。いまお連れしますから。話をすればその方が嘘を言っていないということが、きっとわかるはずよ」

ママは自信満々で言う。本藤は「ほお」とひと声漏らすと、「面白い！」と言ってママの挑戦を受けた。

ママが席を立つと、大輔は頭のなかですばやく計算した。

パチンコには学生時代、凝《こ》ったことがある。ママが打った台がどういうスペックかわからないが、一時間半で十万円の勝ちとなると、おそらくハイリスク・ハイリターーンのマックス・タイプだろう。だとすると初当たりの確率は約四百分の一だ。五百円で回せるのはせいぜい十回。単純に考えれば四十分の一。それが二回続くということは、千六百分の一——パーセンテージに直せば約〇・〇六％ということになる。確率的にはほぼあり得ない。

戻ってきたママの後ろには、ひとりの男が立っていた。ママが男を紹介する。

「こちら、高円寺裕也さん。経営コンサルタントをなさってるお客様よ」

「はじめまして。高円寺です」

少し嗄《か》れ気味の声だ。高円寺は本藤と大輔に向かって、丁寧に頭を下げた。

歳は五十歳前後だろうか。髪を整髪料で後ろに撫でつけ、皺《しわ》ひとつない紺のスーツを着ている。一見したところ、一流企業の役員といった印象を受ける。もっと胡散臭い人間が出てくるかと思っていた大輔は、意外な感じがした。

ママは高円寺を、本藤と大輔の向かいに座らせて自分も隣に腰を下ろした。

「こちらが先ほどお話しした、藤請建設の社長さん。高円寺さんのお話をしたら、興味を持たれたようだからお引き合わせしたの」

高円寺は上着の内ポケットから名刺入れを取り出すと、一枚抜き取って本藤に差し出し言った。

「高円寺です」

本藤は自分の名刺を取り出し、名乗りながら高円寺と交換した。大輔もそれに倣う。

一礼を交わして受け取った名刺には、「高円寺総合研究所　所長」とある。所在地は港区六本木となっていた。

本藤はお気に入りのバーボン、エヴァン・ウイリアムズの23年を高円寺に勧めながら、ところで、と話を向けた。

「高円寺さん、とおっしゃいましたか。ママの話によると、あなたには特別な力がおありだとか」

高円寺は一重《ひとえ》の目を細めて、臆面もなく肯いた。

「私には、未来が見えます」

「ほほう」

本藤は強い関心を示し、高円寺の前に身を乗り出した。

「私はね、生まれてこのかた、超常現象や霊魂《れいこん》といった類《たぐい》を、一度も信用したことはないんですよ。あなたがおっしゃった、予知能力ですか——それも含めてね」

高円寺は気を悪くした様子もなく、穏やかに答えた。

「信じる信じないは、本藤さんの自由です。しかし、私には本当に、未来が見えるのです」

本藤の顔色が変わった。顔から笑みが消え、高円寺に鋭い目を向ける。

「先のことがわかるなら、人間苦労はしない。そんなうまい話が、ある、わけがない」

語気を強めて言う。

高円寺はテーブルに肘《ひじ》をつくと、顔の前で手を組んだ。

「お疑いなら、証明してみせましょうか」

酒の席とはいえ、ずいぶん挑発的だな、と大輔は思った。

本藤は高円寺から目を離さずに、大きく首肯《しゅこう》した。

「ええ、ぜひ」

売り言葉に買い言葉だった。本藤は次の日曜日、埼玉にある自宅に来るよう、高円寺に提案した。そこで、高円寺の不思議な能力を見せてもらうという。

「改めて秘書から連絡させます」本藤が柔和な表情に戻って言った。

「では、私はこれで。ご連絡お待ちしています」慇懃《いんぎん》な口調で言い残し、高円寺はボックスをあとにした。

大輔は慌てて本藤に身を寄せ、耳元で囁いた。

「あんな胡散臭い輩《やから》とは、関わらない方がよろしいかと」

直感だった。

本藤は鼻で笑って退けた。

「おれはな、大嘘をさも本当のことのように言うやつの図々しさに、腹が立ってるんだ。そうだ。お前も日曜日、うちに来い。ふたりであいつに赤っ恥をかかせてやろう」

本藤はいたずら小僧のように、目を輝かせた。

秘書という仕事は、あくまでもサポートであり、御意見番ではない。本藤が決めた以上、大輔に口答えは許されない。だがせめて、自宅に呼ぶことは思い留まってもらいたいと思った。本藤の私生活に、高円寺を立ち入らせたくなかった。

大輔は膝に手を置き、思いを疑問のかたちで提起した。

「でも、どうして社長の御自宅なんでしょうか。どこかのレストランとか喫茶店などでもよろしいかと思いますが」

本藤は声を潜めて、大輔に言った。

「外で会えば、小細工を弄《ろう》しやすい。あいつが共犯者をどこかに潜ませている可能性もある。なにかしらのサインで情報を教えることもあり得るだろう。その点、おれの家なら安心だ。へたな小細工はできない。あいつがたったひとりで、特別な力をどう証明するか、とくと見せてもらおうじゃないか」

「なにをこそこそ話してらっしゃるの」

会計を済ませた高円寺を見送って戻ってきたママが、本藤の隣に腰掛け身体を擦り寄せる。

本藤は少年のような笑顔を見せて言った。

「鬼が出るか蛇《じゃ》が出るか。ママのおかげで久しぶりに、楽しみな休日を迎えられるよ」

三

次の日曜日、大輔は朝の九時半に本藤の自宅を訪れた。

引き戸の門をくぐり、敷石を渡る。玄関の横にあるインターホンを押すと、本藤が子供のころからいる家政婦の吉野《よしの》民子《たみこ》が応対に出た。民子は来客が大輔だとわかると、笑顔を見せて玄関を開けた。

日本庭園が見渡せる長い縁側をとおり、母屋《おもや》の離れにある蔵座敷へ向かう。

本藤家は古い日本家屋を大幅に改築した、純和風の家だった。広い敷地のなかに母屋と離れがあり、離れの隣に年代物の蔵が建っている。

家を購入したのは先代の和夫だった。和夫は骨董《こっとう》が好きで、暇さえあれば古物商を家に呼び、買い集めていた。焼き物からはじまった収集品は年を重ねるごとに増え、収納に困ってとうとう蔵つきの家まで買ってしまった。

本藤は先代と違い、骨董品には興味がない。だが、休日、家にいるときはたいてい蔵座敷で過ごしていた。

映画好きの本藤は、蔵を改造して音響効果を高め、個人で楽しむシアタールームとして使用している。壁面の大型スクリーンと最新鋭の映像音響機器、床に敷かれたペルシャ絨毯《じゅうたん》と大振りのイタリア製応接セットは、併せて二千万はくだらない、と聞いたことがある。本藤は和洋折衷のこの蔵をいたく気に入っており、プライベートな来客はここでもてなすことが多かった。

蔵座敷の前で、民子は襖越《ふすまご》しになかへ声をかけた。

「新井さまがお見えです」

「おお、入れ」

なかから本藤の声がする。民子が襖を開けた。

本藤はワインレッドの本革ソファに座り、大型スクリーンで洋画を観ていた。画面では、有名な俳優が必死の形相《ぎょうそう》で、追手《おって》から逃げている。本藤は映像を消すと、自分の斜め向かいに座るよう、手で促《うなが》した。入り口に一番近い下座の席だ。

「休みの日に呼びだして悪かったな」

口で詫びてはいるが、たいして申し訳なさそうな様子はなかった。逆に、これから一緒に、面白いものを見物できるんだぞ——といった、得意気な表情をしている。

本藤は民子が運んできた茶を飲みながら、さっきまで観ていた映画のあらすじを話しはじめた。去年、アメリカで興行収入一位に輝いた大作で、俳優の演技の上手さやストーリー構成の巧みさを、熱く語る。

だが、大輔は映画どころではなかった。頭のなかは、いまからここに来る得体の知れない人物のことでいっぱいだった。映画のストーリーより、これから蔵座敷のなかではじまる見世物の方に、意識が集中していた。

約束の五分前に、高円寺は現れた。

民子に案内されて蔵に入ってきた高円寺は、銀座で会ったときと雰囲気がまったく違っていた。銀座のクラブでは仕立てのいいスーツを着ていたが、今日は紺色の作務《さむ》衣《え》にグレーの長羽織を纏《まと》っている。一流企業の役員ではなく、著名な陶芸家といった趣《おもむき》だ。

「ようこそ。こちらにどうぞ」

本藤はテーブルを挟んだ向かいの席を、高円寺に勧めた。口調には、逃げずによく来たな、という挑戦的なニュアンスが含まれている。

民子が高円寺に茶を出し部屋を出て行くと、本藤は切り出した。

「早速《さっそく》ですが、先日レガーナで交わした約束を、果たしていただきましょうか。よもや、忘れたとはおっしゃらないでしょうね」

高円寺は手にしていた湯呑を茶托《ちゃたく》に置くと、微笑《ほほえ》みながら肯いた。

「もちろん、覚えております」

本藤は、では、と言いながら腕を組んだ。

「この場であなたの特異な力というものを、見せてください」

「ええ、もちろん」

高円寺は笑顔の口元に自信を漲《みなぎ》らせながらも、もったいぶるように蔵のなかをぐるりと見渡した。

「それにしても、すばらしい蔵座敷ですね」

蔵座敷は、手前の十五畳の上段の間と、奥の十二畳の下段の間からできている。上段の間と下段の間のあいだにある欄間《らんま》には、手前からは牡丹《ぼたん》、裏側からは椿の模様に見える彫り物が施されている。昭和六年に開業した目黒雅叙園《がじょえん》のものと同じ彫師が仕上げたものだ、と前に本藤から聞いていた。天井にかかる梁《はり》は欅《けやき》で、太さは一メートル以上ある。

関心がある者が見れば、感嘆の声を上げずにはいられない蔵座敷なのだろう。

「お褒《ほ》めいただいて恐縮だが、蔵座敷のことより私は、あなたの不思議な力に興味がある」

本藤は急《せ》くように言った。

高円寺は本藤の言葉を聞き流し、相変わらず興味深げに、あたりを見渡している。

本藤は憮然《ぶぜん》とした表情で茶碗に手を伸ばした。

大輔には、本藤の苛立《いらだ》ちが手に取るようにわかった。

本藤の茶を啜《すす》る音が、蔵のなかで響く。

すると無言で徘徊《はいかい》していた高円寺の視線が、下段の間の一点で留まった。本藤に訊ねる。

「あれはなんですか」

高円寺の言う〝あれ〟とは先代が集めた骨董品の山だった。下段の間の壁際には、納戸《なんど》や押し入れに収めきれない骨董品が、山積みになっていた。木箱に収められた軸物や焼き物たちは、上からかけられた唐草模様の大きな風呂敷で覆われている。

そう本藤が説明すると、高円寺は骨董品の山をじっと見つめながら重々しい口調で言った。

「あのなかに、不思議な力を秘めた物があります」

「不思議な力？」

本藤が眉間《みけん》に皺を寄せる。

高円寺は、ちょっといいですか、と言って立ち上がると下段の間にいき、本藤の返事も聞かず骨董品にかけられている布を取り払った。

呆気にとられている本藤を尻目に高円寺は、これでもない、あれでもない、と矯《た》めつ眇《すが》めつ、骨董品の山に頭を突っ込んでいる。我に返った本藤が、勝手な真似をするな、とばかりに腰を浮かせたとき、高円寺は嬉々として振り返った。

「これです。この箱です。この箱は、素晴らしい力を秘めています」

振り返った高円寺の手には、古い木箱があった。Ａ４ノートの半分くらいの大きさで、厚みは十センチほどある。

ろう。

「なんの箱だろう」

本藤はつぶやいた。もともと骨董品に興味がないから、手を触れたこともないのだ

高円寺は木箱を手に席に戻ると、テーブルの上に置いた。

「私の力をお見せする道具として、この箱を使いましょう」

大輔は驚いた。

今日、本藤の家に来る道すがら、もし高円寺がインチキしようと思ったら、どんな手を使うだろうか、と考えた。共犯者を使うとか、場所になにか細工をするとかだろうか。だが、ひとりで訪れる相手の家では、それもできない。

唯一仕込みがきくとしたら、小道具だろう。あらかじめ細工した小道具を持ち込み、それを使う。小道具がなにかはわからないが、インチキをするとしたらそれしかない。そう大輔は予想していた。

だが、予想は打ち消された。本藤の蔵座敷のなかにある木箱に、高円寺があらかじめ細工することはできない。蔵には、万全のセキュリティが施されている、と聞いている。警備会社に気づかれずなかに侵入することは、不可能なはずだった。これでは、インチキのしようがない。

「では、いまから私の力をお見せしましょう」

高円寺は、窓際にある六十インチのテレビに目をやった。

「あのテレビ、衛星放送は映りますか」

衛星放送と木箱で、高円寺はいったいなにをしようというのだろう。

本藤も意図を計りかねるのか、不思議そうな顔で高円寺を見た。

「ええ。私は映画が好きなので、いつでも映画が観られるように衛星は入れています。BSはもちろんCSやスカパー！も映ります。ですが、それがあなたの力と、どんな関係があるんですか」

本藤の問いに答えず、高円寺はさらに訊ねた。

「いま、なにかレースのようなものを放送していないでしょうか。競輪、競馬、競艇、オート、なんでもいい。ただし、録画は駄目です。生放送でなければいけません」

本藤は戸惑いながら、テレビをつけた。画面に番組表を表示する。ちょうど、スカパー！で競艇が放送されていた。ボートレース多摩川のレースだ。

「これでいいですか」

チャンネルを競艇番組に合わせると、本藤は訊ねた。春一番でも吹いているのか、画像がわずかに乱れる。高円寺は満足そうに肯くと、ゆっくりと本藤を見た。

「私には、レースの着順がわかります」

本藤の、息を飲む気配がした。

高円寺はテーブルの木箱を、目で指し示した。

「私はいまから、これから行われるレースの結果を紙に書いて、この箱に入れます。レースが終わったら箱を開けて、紙を確認してください。一着から六着まで、ぴたりと当たっているはずです」

本藤が挑むように、高円寺を見た。

「これはまた、相当な自信ですね」

高円寺は小さく笑いながら、本藤を見返した。

「自信ではありません。確信です」

高円寺は作務衣の懐からメモ帳とペンを取り出すと、メモ帳を開いて紙を一枚切り取った。高円寺は切り取ったメモ用紙を、本藤と大輔に見せた。どこにでもある、ごく一般的なメモ用紙だった。

テレビでは、多摩川の第三レースがはじまろうとしていた。

「ここに、いまからはじまるレースの結果を書いて箱に入れます」

高円寺は手元で紙にさらさらとペンを走らせると、箱を開けてなかへ入れた。続けて言う。

「私がインチキできないように——あなた方が監視できるように、箱はこうやって、テレビの横に置いておきましょう」

本藤が、高円寺の動きを見ながら質《ただ》した。

「もし、レースの結果が外れていたら、どうなさいますか」

高円寺は余裕の笑みを浮かべて言った。

「私の予想する未来に、外れなどありません」

レースがはじまる。

スタートの合図で、ボートが一斉にピットを出る。

本藤は食い入るように画面を見つめている。高円寺に目をやると、作務衣の袖に手を入れ、俯《うつむ》いたまま腕を組んでいた。

ボートは第一ターンマークと第二ターンマークを旋回し、最終周の三周目に入った。

誰も口をきく者はいない。座敷のなかには、レースを実況中継するアナウンサーの声だけが響いた。

六艇のボートは、僅差《きんさ》でゴールした。

一着が二枠で、二着に三枠、続いて六枠、一枠、五枠、四枠の順だった。

レースが終わると高円寺はゆっくりと顔をあげた。目で確認を促す。

本藤が箱に近づき、蓋《ふた》を開けておもむろにメモ用紙を取り出した。レース結果が表示されているテレビ画面と紙を、交互に見比べる。本藤の顔が、みるみる紅潮した。

メモ用紙を凝視《ぎようし》したまま固まっている本藤に、大輔は遠慮がちに声をかけた。

「社長、いかがでしたか」

本藤はなにも言わず、メモ用紙を大輔に渡した。数字を目で追う。

《2――3――6――1――5――4》

紙には、たったいま行われたレース結果と同じ着順が、手書きの文字で記されていた。

そんな馬鹿な――大輔の頭のなかは混乱していた。あり得ない、そう思った。

「信じられん」本藤がつぶやく。

高円寺は勝ち誇ったように口角をあげた。

「私には未来がわかる。どうです、信じていただけましたか」

本藤の顔にさらなる赤みが差す。高円寺を睨《にら》みつけると、低く押し殺した声で言った。

「世の中には、稀《まれ》に奇跡のような偶然が起きる。このレース結果が、その奇跡じゃないとは言い切れない」

「なるほど」

高円寺は困ったように笑いながら、二、三度肯いた。

「では、次のレースも見通しましょう。お望みなら、その次も、そしてその次も。今日行われるレースのすべてを、見通します」

そんなことができるはずがない。本藤も自分の耳を疑っているようだった。呆然とした態《てい》で大きく息を吐き、束《つか》の間《ま》、瞑目《めいもく》する。しかし目を開けた本藤は、毅然とした口調で挑発に乗った。

「ええ、そうしてもらいましょう。あなたの言う特別な力というものを、もっと見せてください」

要望に応えて、高円寺は第四レースから第八レースまで予測した。レースは十二レースまである。だが、本藤は第八レースが終わった時点で、次のレースを予測しようとしている高円寺を止めた。もうこれ以上の確認は、不要だと思ったのだろう。高円寺は第三レースから第八レースまでの着順を、ひとつも違《たが》えることなく的中させた。

本藤がリモコンでテレビのスイッチを切る。一瞬、乱れた画像が消えると、本藤はすっかり冷めた茶を口にした。手が震えている。目の前で起きた奇跡のような出来事に、動揺しているのだろう。

事の成り行きを見守っていた大輔も、同じように動揺していた。本藤が言うとおり、一レースだけなら偶然とも言える。確率は6×5×4×3×2×1で七百二十分の一だ。しかしそれが六レース連続で的中するとなると、確率は七百二十の六乗で天文学的数字になる。確率的にはあり得ない。

トリックを使おうにも、高円寺は手ぶらで来ている。あの木箱はもともと蔵座敷にあったものだ。

本藤が大きく息を吐いて言った。

「あなたの力は本物です」

高円寺はにっこりと微笑んだ。

「わかっていただけましたか」

本藤は膝を正し、熱い眼差しで高円寺を見つめた。深々と頭を下げる。

「こんなすごい奇跡を目の当たりにして、私はいま感動しています。あなたの力を疑っていたことを、どうか許して下さい」

高円寺は首を振った。

「人は自分の想像を超える事象に出逢うと、なかなかそれを信じることができません。あなたが私の力を疑ったのは、当然のことです」

「では、非礼をお許しいただけますか」

下げていた頭を、本藤が勢いよくあげる。高円寺は穏やかに言った。

「許すもなにも、先ほども言ったようにあなたがとった行動は、しごく当然のことです。もとから気を悪くなどしていません」

本藤はテーブルを回り込むと、高円寺の手を取った。

「先生。いまからあなたをそう呼ばせてください」

本藤は興奮を隠しきれない顔で高円寺の前に跪《ひざまず》き、手を絨毯に置いた。

まずい、この展開はまずい――大輔は焦った。

「先生もご存じのように、私は会社を経営しています。私は会社をいま以上に大きくしたい。そのために、どうか先生のお力をお借りしたい」

本藤は身を起こし、再び高円寺の手を取ると、両手で力強く握った。

「どうか、会社の運営に関わる相談に乗っていただけないでしょうか」

大輔は思わず口を挟んだ。

「社長。そのような重大な決断を、いまこの場で下されるのは……」

本藤が大輔を睨む。

「お前も先生のお力を見ただろう。先生の未来を見通す力をお借りできれば、会社は安泰なんだ」

本藤は視線を高円寺へ戻すと、握っていた手を離し、両手を絨毯の上に突いた。

「お願いです。私には先生のお力が必要なんです。お金はお支払いします。どうか、先生のお力を私にお貸しください」

額が絨毯につくほど、頭を下げる。

高円寺は腕を組むと目を瞑《つむ》った。頼みを受けるべきか断るべきか、考えているようだった。わずかに間を置いて、高円寺は目を開けた。組んでいた腕を解き、膝の上で揃える。

「わかりました。私の力がなにかの役に立つなら、お引き受けしましょう」

本藤が面《おもて》をあげる。今にも泣きそうな顔だった。

「あ、ありがとうございます」

本藤は感激の面持ちで、すっくと立ち上がった。うろたえている大輔に指示を出す。

「いますぐ吉野に、昼食の準備をさせろ。膳は吉祥庵《きつしようあん》がいい。あそこの一番いい膳を用意させるんだ。もちろん、酒もな」

本藤は高円寺の顔色を窺《うかが》うように、腰をかがめた。

「先生、お時間は大丈夫ですよね」

高円寺は笑みを浮かべて肯いた。

大輔は席を立つと、釈然としない思いを抱えたまま、本藤の指示を民子に伝えるため母屋へ向かった。

四

大輔はテーブルの上に置かれているコーヒーカップを手に取り、ひと口啜《すす》った。

あの日以来、本藤は会社経営に関する決断を、高円寺に委ねている。

真っ先に相談した悩みは、高層ビル建築に必要な、特殊な重機のレンタル先だった。守田《もりた》重工と鋼双《こうそう》重機のどちらにすべきか、本藤は迷っていた。

守田重工は先代からの付き合いで、古くから仕事をしている。一方、新しく名乗りをあげてきた鋼双重機は、設立間もない会社で取引はない。信頼という点においては、守田重工を選ぶべきなのだろう。だが、レンタル料は守田重工より鋼双重機の方が安かった。鋼双重機は守田重工の八掛けの値段で、見積もりを出していた。

いくら先代からの付き合いとはいえ、この不景気を乗り越えるためには義理だの人情だのとは言っていられない。経営に問題がなければ、コストが安い鋼双重機に切り替えるべきだろう。だが、倒産のリスクを抱えた会社なら、守田重工に頼んだ方がいい。付き合いの長い守田重工ならば、なにか問題が起きたときに便宜《べんぎ》を図ってくれる利点もある。

本藤の相談に対する高円寺の答えは、守田重工に頼むべきである、というものだった。目先の利だけを考えれば、レンタル料の安い鋼双重機にしたくなる。だが、鋼双重機は一見、経営が順調そうに見えるがいずれ行き詰まる。だから、信頼が置ける付き合いの長い守田重工にすべし、との宣託だった。

本藤は助言に従い、守田重工と契約を結んだ。その数ヵ月後、高円寺の予言どおり鋼双重機の経営が行き詰まり、一回目の不渡りを出した。遠からず鋼双重機の名前は、業界から消え去るだろう。

高円寺が未来を言い当てた相談事は、鋼双重機の件だけではない。

いまから四ヵ月ほど前の夏、同時期に会社のキャパシティを超える複数の建築依頼が重なった。どこの社を優先すべきか迷う本藤に、高円寺は「B社にすれば、次の仕事に繋《つな》がる。B社にすべきだ」と助言した。本藤は高円寺の言葉に従い、B社の依頼を引き受けた。

そしてまたしても、高円寺の予言は的中した。引き受けた仕事があと半月で終わる、というとき、B社から連絡が入った。埼玉に新しく土地を購入し工場を建てるので、建設を請け負ってほしいとのことだった。

本藤の高円寺に寄せる信頼は、揺るぎないものになった。ふた言目には、まずは先生に、と口にするようになった。いまでは、仕事の契約に関する相談事だけではなく、社内人事まで高円寺の助言を仰いでいる。

大輔はテーブルの上に置かれている五千万円の小切手を、じっと見つめた。

たしかに高円寺の予言は、当たっている。高円寺は本当に特別な能力を持っているのかもしれない、とも思う。

だが、奇跡を目の当たりにしても、大輔は高円寺を信じられなかった。

信用できない理由は、ふたつあった。

ひとつは、高円寺に毎月支払っているアドバイス料だ。

本藤は高円寺に、ポケットマネーから毎月顧問料として五十万、相談一件につき百万円を支払っている。ひと月に相談が一件ならば百五十万円、三件ならば三百五十万円になる。本藤の財力からすれば屁《へ》でもないのだろうが、それにしても高い。高円寺が持つ、特殊な予知能力の恩恵に浴しているのだから、それくらいの出費は当然だ、と言われればそうかもしれない。だが、あまりに高額すぎた。

高円寺は会社のアドバイザーを引き受けるときに「私の力がなにかの役に立つなら、お引き受けしましょう」と言った。本当に人の役に立とうと思う人間が、そこまで高い金を要求するだろうか。それに、競艇の件はともかく、上手くいったと言っても他は、偶然の産物で片づけられる確率だ。金に執着する高円寺を見ていると、どうにも胡散臭い、と大輔は思ってしまう。

もうひとつは、本当に未来が見えるならば、なぜその力を自分に使わないのか、という疑問だった。未来が予言できるならば、当たり馬券やサッカーくじを自分で購入し、一億でも二億でも儲《もう》ければいいではないか。

自利に力を使わない理由に関しては、以前、酒の場でさりげなく高円寺に訊ねたことがある。特別な力をなぜ自分に使わないのか、と訊ねる大輔に高円寺は「この力は、自分自身の未来には役に立たないんです」と答えた。

特別な力に気付いたとき、高円寺も自分のために力を使おうとしたことがある。だが、邪心が入ると目が曇るのか、予言は当たらなかった。自分の力は他人のために使うときにしか発揮されないのだ、と高円寺はバーボンを飲みながら笑った。

高円寺の予言はたしかに当たる。自分には理解できないことが世の中にあっておかしくはない、とも思う。だが、大輔はどうしても高円寺を信じきれなかった。理屈ではなく本能が、高円寺を拒絶していた。

大輔は向かい合って座っている高円寺に視線を向けた。高円寺は愉快そうに、本藤と雑談を交わしている。

大輔はふたりから目を背けると、静かに溜めこんでいた息を吐いた。背中にじっとりと、汗が滲む。

高円寺は、蛇のような眼をしている。口は笑っているが、眼は決して笑わない。笑い声をあげているときも、眼はいつも冷めていた。高円寺の冷めた目を見るたびに、大輔の背中に嫌な汗が滲んだ。

ひとしきり笑うと本藤は真顔に戻り、テーブルの上に置いてある小切手を、手で高円寺の方へ押し出した。

「では、先生。どうぞ、この小切手をお受け取りください」

小切手の五千万円は、高円寺の要求に従い、高円寺総研を藤請建設の正式な経営コンサルティング会社とするために支払われる、契約料だった。

契約期間は二年、ひと月あたり二百万ちょっとの計算だ。

いままで、通常ひと月に二件、多い時で三件から四件ほどの相談料が、ひと月二百万円で固定されるのだから、高円寺にとっては一見、損にも見える。だが冷静に考えると、二年間で五千万円は高い。高円寺総研のような小規模個人経営会社とのコンサルティング契約としては、破格の条件だ。本藤は役員会で、強引にこの案件を押し通したのだった。

本藤が小切手を差し出すと、高円寺は満面に笑みを浮かべた。

「ありがとうございます。では、受け取らせていただきます」

高円寺が小切手に、手を伸ばす。高円寺の冷めた目が、このときだけは一瞬、熱を帯びたように見えた。

高円寺が上着の内ポケットに小切手を入れたとき、女性の声がした。

「すみません。ちょっとよろしいですか」

何事かと思い振り向くと、テーブルの横に女性が立っていた。大輔より少し年上だろうか。三十代前半に見える。

ベージュのパンツスーツに身を包み、小ぶりのボストンバッグを手にしている。長いまつ毛が切れ長の目に陰を落とし、形のいい唇《くちびる》は微《かす》かに笑みを湛《たた》えている。日本人形のように整った顔立ちだった。腰まであるストレートの黒髪が、東洋的な神秘さを醸《かも》し出している。

女性はゆっくりとした動作で、上着の内ポケットから名刺入れを取り出した。

「わたくし、こういう者です」

差し出された名刺には、「株式会社神華《しんか》コーポレーション　秘書課　国分美紗《こくぶみさ》」とある。

美紗は落ち着きのある声で自己紹介をした。

「神華コーポレーション社長秘書の、国分と申します。不躾《ぶしつけ》で申し訳ありませんが、お願いがございまして――」

美紗の話はこうだった。

神華コーポレーションは貿易を手掛ける中国企業で、日本企業とも多くの取引を交わしている。日本出張の際は、中国語と日本語ができる自分が社長に付き添って訪日している。日本には一週間ばかり滞在し、今夜帰国する予定だが、ラウンジでひと休みしていたところ、大輔たちのテーブルに目がいった。

社長の楊《よう》は中国人なので、日本語がよくわからない。大きな声で楽しそうに談笑している姿を見て、なにを話しているのかと、美紗に訊ねた。失礼だとは思ったが、耳を澄ませて話を聞かせてもらった。聞き取れた内容を要約して楊に伝えたところ、高円寺の特殊な力に強い興味を抱き、ぜひ話がしたいと希望した。

「あちらにいるのが、楊です」

美紗は大輔たちの斜め後ろを、目で指し示した。視線の先には、五十代と思《おぼ》しき男性が座っていた。艶のあるダークグレーのスーツに、淡い光沢の黄色いネクタイを締めている。おそらくどちらもシルクだろう。腹が出ており、整髪料で固めた髪に白いものが混じっている。小さな一重の目尻には、人懐っこい皺が刻まれていた。

楊はソファから重々しく立ち上がると、大輔たちのテーブルにやってきた。

「コンニチハ」

独特の中国系イントネーションだ。

楊は大輔たちに名刺を差し出した。「株式会社神華コーポレーション　代表取締役　楊広軒《こうけん》」とある。

美紗は楊の後ろから、本藤に笑みを向けた。女優のように魅惑的な笑顔だった。

「ほんの少しお時間を頂戴して、同席させていただいてもよろしいでしょうか」

本藤はにこやかに答えた。

「もちろんです。ここでお会いしたのもなにかの縁でしょう。よろしいですよね、先生」

女性に弱いのが本藤の難点だ。もっとも、美紗ほど魅力的な女性ならたいていの男は頼みを断れないだろう。それに加えて、契約を済ませ、本藤は上機嫌だった。自分の宝物を自慢したい気持ちもあるのだろう。

同意を求められた高円寺は、気を悪くした様子もなく穏やかな表情で肯いた。本藤と大輔が高円寺の隣に移動し、場所を空ける。

美紗が中国語で、楊に語りかけた。本藤の言葉を通訳したのだろう。楊はたどたどしい日本語で礼を言って、大輔たちと向かい合う形でテーブルに腰を下ろした。美紗が楊の隣に、遠慮がちに腰を掛ける。

名刺交換が済むと本藤は、改めて高円寺を紹介した。

「こちらが、高円寺先生です。わが社の大切な宝物です」

美紗が笑みを浮かべて楊に通訳する。楊は頰《ほお》を緩《ゆる》めると、隣にいる美紗に囁いた。

美紗が楊の囁きを受けて話を切り出す。

「高円寺さんには、予知能力がおありだとか」

「そうなんですよ」

本藤は目を輝かせると、自分の事のように高円寺の自慢話をはじめた。ボートレースの着順をすべて言い当てた話から、取引先の未来を予見する話、レガーナのママから聞いたパチンコの当たり台の話を、熱く語る。

美紗は本藤の話を、小声で楊に同時通訳する。肯きながら話を聞いていた楊は、本藤の話が一段落すると、美紗に中国語で語りかけた。

楊の意思を確認した美紗は、高円寺に視線を据《す》えた。すらりとした指を、テーブルの上で重ねる。

「高円寺さんに、ひとつお願いがあります」

話を振られた高円寺は、わずかに顔をしかめた。が、すぐにいつもの表情に戻る。

「なんでしょう」

美紗の話によると、楊は以前から人知を超えた特別な存在に興味を抱いていた。ここで高円寺に会えたのは自分にとって二度とない幸運だ。ぜひ、この目で未来を予言する力を見てみたい。そういう内容だった。

「未来が見通せるなら、宝くじも当てられるのか、と楊は訊ねています。たとえば数字を自分で選ぶ、そう——ロト6のような」

美紗の言葉に、本藤は声を出して笑った。

「当然ですよ。先生は未来がわかるんです。くじだろうがロトだろうが、言い当てられますよ。ねえ、先生」

高円寺は、もちろん、と自信を漲《みなぎ》らせた。がすぐに、でも、と残念そうにつけ加える。

「残念ながら、私の力は自分のためには使えません。どうやらこの力は、無欲でなければ発揮できないようです。我欲がからむと外れてしまうんです」

美紗が高円寺の言葉を伝えると、楊は納得したように何度も肯いた。束の間、顔を上に向けて瞑目する。楊は目を開くと、美紗に長い指示を出した。

楊が話し終えると、美紗は高円寺に確認を求めた。

「自分のためでなければ、未来が見えるのですね」

高円寺は、ええ、と答えて、美紗の言葉を肯定した。

「自分のためでなければ、未来が見えます」

美紗が楊を見て肯く。楊も肯き返した。美紗が高円寺に視線を戻す。

「楊は、それでは私のためにロト6の当せん番号を教えてほしい、と言っています」

高円寺は眉をひそめた。

「楊さんのために？」

美紗が、はい、と首肯する。

「楊は〝私が自分でロト6を買います。だから、あなたは私のためにロト6の当せん番号を見通してください。そうすれば、あなたは自分のために未来を見通すことにはならない。目は曇らないはずです〟と言っています」

なるほど。楊の言っていることは一理ある。人のためならば、当せん番号を見通すことはできるはずだ。

美紗は言葉を続けた。

「もちろん、ただで、とは申しません。ロトの一等賞金は、最低でも約一億円です。その半分の五千万を、この場で高円寺さんにお支払いします」

この場で――大輔は息を飲んだ。本藤も驚いたようで、声を失っている。

以前、大輔は遊びでロト6を買ったことがある。1から43までの数字のなかから、異なる六つの数字を選び、その数字がいくつ抽せん数字と一致しているかによって当せん順位が決まる。当せんは一等から五等まであり、抽せん会は毎週月曜日と木曜日の夜だった。今日は金曜日。三日後の月曜日の夜には、結果がわかる。

大輔は唾を飲み込むと、楊を見た。

一等の当せん確率は、たしか約六百万分の一だったはずだ。高円寺の力がまやかしだったとしたら、予知は当たらない。外れれば、楊は五千万円という大金をドブに捨てることになる。

しかし待てよ――と、大輔は考えた。

そもそも高円寺が金と引き替えに予知能力を使うということは、結局は自分の懐を肥やすことだ。本藤との取引にはまだしも、相談料や顧問料という名目のバイアスがかかっている。しかしこの場合、特殊能力は単に我欲のためだけに使われることになる。目が曇るのではないか。

いったい高円寺はどうするのだろう。

大輔は視線を、高円寺へ向けた。

とたん、背筋に怖気《おぞけ》が走った。高円寺は笑っていた。口元はまったく動いていない。ずっと真一文字に結ばれている。笑っているのは目だった。瞳に暗い笑みが浮かんでいる。

高円寺は重い決断を下すかのように、深く息を吐いて言った。

「そこまでして、私の力を見たいとおっしゃるのなら仕方ありません。当せん番号をお教えしましょう」

高円寺は深呼吸を繰り返すと、目を閉じ瞑想に入った。テーブルを囲んでいる八つの眼《まなこ》が、高円寺に集中する。

高円寺が瞑想に入ってから、まだ一分も経っていないはずだった。だが、沈黙は時間を長く感じさせる。大輔が焦《じ》れはじめたとき、高円寺が目をかっと見開いた。上着の内ポケットからメモ帳を取り出すと、素早くペンを走らせる。

「ここに書いた数字が、次のロト6の当せん番号です」

高円寺はメモ用紙を一枚破り、裏返しにしてテーブルの上に置いた。

楊が美紗に、短くなにか言った。高円寺に向けた楊の言葉を、美紗が通訳する。

「それは、本当に当たるのですね」

高円寺は、自信たっぷりに肯いた。

「ええ、当たります」

「本当に？」

高円寺が力強く答える。

「本当です」

美紗は楊の耳元で囁いた。楊は満足そうに肯くと、ゆったりとした口調で美紗に意思を伝えた。美紗は肯き、高円寺に笑顔を向けた。

「楊は、たいへん満足しています。奇跡の力をお持ちの高円寺さんに敬意を表する、と言っています」

美紗はここで話を区切ると、真顔に戻って居ずまいを正した。まるで、これから話すことはとても重要なことだ、とでも言うように。

「楊は、高円寺さんに対する今の気持ちを形に表したい、と言っています。ロト6の一等賞金は、最低金額が約一億円です。キャリーオーバーが出た場合、つまり、その回に当せん者がいなくて賞金が繰り越された場合、賞金が増えます。ですが楊は、賞金が一億円以上だったとしても、自分が受け取る額は五千万でいい、残りはすべて高円寺さんに差し上げる、と言っています」

大輔は呼吸を忘れた。たしかに最近の中国人には、途轍《とてつ》もない金持ちがいると聞く。しかしキャリーオーバーになったら、当せん金額は二億、いや四億になる可能性だってある。その金を楊は、高円寺に払うというのか。大きな溜め息が漏れる。

本藤もあまりの驚きに、声が出せないようだ。目を大きく見開き、呆然として事の成り行きを見守っている。

高円寺は目だけで笑うと、楊の提案を了承して謝意を述べた。

「ありがとうございます、楊大人《たいじん》」

楊はしばらく、美紗の耳元で囁きを続けた。終わると息を大きく吐き、ソファの背にもたれる。美紗はこの場にいる全員を見渡した。

「楊はいたく感動しています。素晴らしい、こんな奇跡を目の当たりにできるなんて自分は幸せ者だ、いますぐ高円寺さんに賞金の差額を差し上げましょう、と言っています」

「いますぐ」

内心の驚愕を、大輔は思わず声に出してつぶやいた。

高円寺の目が、暗く光る。

ですが、と美紗が語気を強める。

「いま、ここに現金はありません。支払いは小切手になります。ここで小切手を切ってもいいけれど、楊の会社は日本ではなく中国にあります。支払地が違う場合、現金化するときに手数料がかかる。こんな素晴らしい奇跡を見せていただいたうえに、手数料をお支払いさせるのは申し訳ない」

それに、と美紗は続ける。

「楊は今夜、中国へ戻らなければなりません。差額がいくらになるのか、わかりません。だから楊は、高円寺さんに手数料を負担させず、しかも、この場で確実に差額をお支払いする方法を取りたい、と言っています」

「確実に差額を支払う方法……」

本藤が美紗の言葉を繰り返す。美紗は肯き、高円寺をひたと見据えた。

「何度もお聞きしますが、そのメモにある数字は、本当に当せん番号なんですね」

いつもは青白い高円寺の顔が、紅潮している。昂《たか》ぶる気持ちを抑えるような声で、高円寺は言った。

「もちろんです」

美紗が念を押す。

「本当に、間違いありませんね」

高円寺が苛立たしげに目を吊り上げる。

「何度、同じことを言わせるんです。ここに書いてあるのは、間違いなく次のロト6の当せん番号です」

高円寺に鋭い視線を投げかけていた美紗は、目元を緩めるとにこりと笑った。

「わかりました。では、当せん番号のメモを、あなたに差し上げます。その代わり、あなたが先ほど本藤社長からもらった五千万円の小切手を、こちらにいただきます」

大輔は、あっ、と短く声をあげた。ここにきてやっと、楊が何をしようとしているのか理解した。

高円寺の顔が凍りつく。

美紗はさらに柔和な表情を作って言った。

「一億円、いえ、何億円もの価値があるメモをあなたが受け取り、楊はあなたから五千万円の小切手をいただく。これで、楊はあなたに差額を支払うことになります」

高円寺は視線を逸らすと、困惑した表情でつぶやいた。

「いや、それは、ちょっと……」

高円寺の力を信じきっている本藤は、楊が仕掛けた罠《わな》にまだ気づいていないようだ。興奮を抑えきれない態で、高円寺に交換を促す。

「すごい、すごいですよ、先生！　最低でも五千万円、もしかしたら何億円という金が受け取れるんです。こんなすごい話はない！」

高円寺は歯切れの悪い口調で、たどたどしく弁明した。

「いや、見ず知らずの他人に、そのような大金をいただくのは、分不相応《ぶんふそうおう》と言うかなんと言うか、そう、申し訳ない。それに、今日は藤請建設との契約で来ているのであって……この話はまた日を改めて、ということで」

本藤は大きな声で、いえいえ、と言いながら話を遮《さえぎ》った。

「分不相応なんて、とんでもない！　先生のお力は何億円もの価値があります。ありがたく頂戴すればいいんですよ。先生にはその権利がある。それに、たしかに今日ご足労願ったのはわが社との契約のためですが、この場で別な契約をしていただいても、私はいっこうにかまいません。むしろ、先生の力が認められて嬉しい限りです」

「うむ。いや、しかし――」

高円寺はぶつぶつと言いながら、懐から出したハンカチで額に浮かんだ汗を拭《ぬぐ》った。

高円寺の様子がおかしいことに気がついたのだろう。本藤が怪訝《けげん》そうな顔をした。

「どうしたんですか、先生。私が差し上げた五千万円の小切手を、楊さんに渡さないんですか」

高円寺はなにも答えない。唇をきつく噛《か》み、黙って俯いている。ふたりのやり取りを見ていた美紗が、口を挟んだ。

「本藤社長のおっしゃるとおりです。遠慮なさることはありません。当せん番号が書いてあるメモを受け取り、五千万円の小切手をこちらに渡してください。それとも、なにかご都合が悪いことでもあるんですか。たとえば――」

高円寺を見つめる美紗の目が、すっと細くなった。

「そのメモに書いてある当せん番号が嘘っぱちだとか」

「そんなことは――」

高円寺は勢いよく顔をあげると、美紗を睨みつけた。高円寺と美紗の視線がぶつかる。先に視線を外したのは、高円寺の方だった。顔を背け、膝の上に置いた手をきつく握りしめている。

ここで美紗に反論したのは、本藤だった。

本藤は勢いよく立ち上がると、美紗に向かって叫んだ。

「社長秘書かなんか知らんが、あんた、先生に対して失礼じゃないか！　先生が嘘を言うわけがないだろう！」

美紗はソファに座ったまま、穏やかな表情で本藤を見上げた。

「では、なぜ彼は、小切手とメモを交換しないんでしょう」

「それは……」

交換に応じない理由が、本藤にはわからないのだろう。言葉に詰まり、高円寺に視線を移す。

「先生、ここまで言われて悔しくないのですか。さっさと小切手を渡して、こんな失礼な輩、追い払いましょう」

高円寺は本藤の顔を見ようともしなかった。口元を歪めて俯いているだけだ。

「まさか」

本藤の顔色が変わる。

「まさか、出鱈目《でたらめ》なんですか。この女の言うとおりなんですか。ここに書いてある数字、いや、先生のお力自体が、偽りだったんですか」

高円寺は押し黙ったままだった。拳を握って、床に目を落としている。

本藤は高円寺を見下ろしながら、信じられないというように首を振った。

「嘘だ。先生の力がまやかしだなんて、おれは信じない。ねえ、先生。嘘だと言ってくださいよ。先生！」

高円寺は素早く立ち上がり、ラウンジを去ろうとした。

美紗は反射的に動いて逃げ道を塞《ふさ》ぎ、高円寺の行く手に立ちはだかった。

「逃げ出す前に、本藤社長から受け取った五千万円の小切手を置いていきなさい」

行く手を遮られた高円寺は、悔しそうに懐《ふところ》から小切手を取り出すと、床に投げ捨てて美紗の横をすり抜けた。

美紗は膝を曲げて床にしゃがむと、落ちた小切手を拾いあげた。出口へ向かって大股で歩いていく高円寺の背に向かって叫ぶ。

「これに懲りたら、二度と誰かを騙すような真似はしないことね。詐欺師さん」

高円寺は一度立ち止まると、悔しそうに肩をぶるっと震わせ、振り返らずラウンジを出て行った。

高円寺が姿を消すと、本藤は力尽きたように腰を下ろした。

「なんてことだ。おれは騙されていたのか」

悄然《しょうぜん》と俯く本藤に代わり、大輔が訊ねた。

「あなた方はいったい……」

楊の隣に腰を下ろした美紗は、バッグから新たな名刺を取り出した。

「改めまして。私は上水流《かみづる》涼子《りょうこ》という者です。隣にいるのは助手で貴山伸彦《たかやまのぶひこ》です」

楊、と名乗っていた男性が、ぺこりと頭を下げる。先ほどまでソファにふんぞり返っていた男は、涼子の隣で背を丸め小さくなっている。

涼子が差し出した名刺には、上水流エージェンシーという社名があった。事務所の住所は新宿区になっている。

「私が今日ここに来たのは、ある方から依頼されたからです」

「依頼……」

本藤が項垂《うなだ》れたまま、上目遣いに涼子を見る。涼子は肯いた。

「その方の依頼は、巧妙な手口を使って藤請建設の社長に取り入った詐欺師の化けの皮をはがし、社長の目を覚ましてほしい、というものでした。あなたと高円寺がどのように知り合ったのか、高円寺がどのようにあなたを騙してきたのか、詳細は依頼人から伺っています。私は依頼を受けて、高円寺の本性を暴くために、今日、ここにやってきました」

「誰です、その依頼人というのは」

本藤が訊ねる。が、大輔には見当がついていた。たぶん、あの方だ。

涼子は申し訳なさそうに首を振った。

「それを明かすことはできません。でもご安心ください。調査費や必要経費を含めた依頼料は、すべてその方がお支払いになります」

依頼人が誰なのかという疑問より、自分が信じていたアドバイザーが詐欺師だったショックの方がいまは強いのだろう。本藤はそれ以上追及せず、肩を落とし両手で頭を抱えた。

「あの男が詐欺師だったなんて、いまでも信じられない。私が相談していた案件を、高円寺はことごとく正しい方向に導いた。守田重工と鋼双重機の件も、複数の依頼が重なったときもだ。高円寺の不思議な力のおかげで、社は少なからぬ利益を得た」

涼子は抑揚《よくよう》のない声で言う。

「企業の行く末など、ある程度、資料を読みこめば予測できます」

本藤は勢いよく顔をあげると、涼子に向かって叫んだ。

「そうじゃない！」

涼子は表情を顔に出さず、本藤を見つめている。訴えるような声で、本藤は涼子に言った。

「たしかに、私は高円寺に頼まれて、企業の資料を用意した。資料を渡すために私は、高円寺を会社に呼んだ。だが、高円寺は資料を持ち帰らなかった。社長室にやってきた高円寺はソファに座ると、テーブルの上に置いた資料を一度も開かなかった。手をかざしただけで、中身を読みとったんだ。そして高円寺が予測した未来は、すべて的中した」

涼子は諭《さと》すような口調で言った。

「いまの世の中、社名と事業所在地を知っていれば、ネットや興信所をつかって情報はいくらでも手に入ります。あなたが資料を揃えている間に、別なところから情報を入手したんでしょう」

涼子は言葉を続けた。

「高円寺は手に入れた情報から、会社の将来性を推測しただけです。データを分析して動向予測を立てる人間、たとえば投資家や経営コンサルタント——この世にはそれで食っている人間がごまんといます。でも、予測は予測でしかなく、予言ではありません。必ずどこかで、予測が外れるときがくる。そのとき、高円寺はどうしたか。おそらく、あなたの前から黙って姿をくらましたでしょう。騙しとった多額の顧問料や相談料を懐にしてね」

言い返すこともできず唇を噛んでいた本藤は、はっとしたように目を見開き、つぶやいた。

「ボートレース。そうだ、ボートレースだ」

本藤は涼子を見た。

「高円寺はボートレースの着順も言い当てたんだ。一レースだけじゃない。目の前で行われている六レースの着順を、ひとつも間違えることなく的中させた。それはどう説明するんだ」

涼子は脇に置いていた小ぶりのボストンバッグを開けると、なかから銀色に光るものを取り出した。大きさはA４ノートの半分くらいで、平べったい機材だ。

涼子は機材をテーブルの上に置いた。

「これは、小型の特殊なプリンターです。このプリンターは、私が持っているスマートフォンと無線LANで繋がっています」

涼子は上着のポケットから、スマートフォンを取り出した。

「私がスマートフォンの画面に、指で文字を書きます。その情報をプリンターが読みとり、文字を印刷します」

涼子はスマートフォンの画面に指を走らせた。すると、テーブルの上に置かれているプリンターが起動し、ジジジッという微かな印刷音を立てて紙を吐き出した。涼子はプリントアウトされた紙を手に取ると、本藤と大輔にかざして見せた。紙には、今日の日付が数字で書かれていた。

涼子は手書きの数字が印刷された紙を、プリンターの隣に置いた。

「高円寺はボートレースの着順を書いた紙を、あなたのご自宅の蔵座敷にあった木箱に入れた、と依頼人から聞きました。あなたはその木箱の蓋の裏側を見ましたか」

本藤は、いや、と答えた。

「メモを入れるときは高円寺が蓋を閉め、取り出すときは私が開けた。蓋の裏側は見ていない」

涼子は満足げに肯いた。

「高円寺は蓋の裏側に、細工をしていたんです。蓋を閉じると、裏側に取りつけていた薄板が一枚落ちて、箱のなかに最初に入れた紙を隠すようになっている。レース結果が出ると同時に、高円寺は手もとに隠し持っていたスマートフォンに着順を書く。蓋に内蔵されたプリンターが印刷する。排出された紙が、箱のなかに落ちる。あたかも最初に入れた紙に、着順が書かれているように見える、という仕掛けです。蓋に薄板をリセットしてこれを繰り返せば、何度でもトリックが使えます。このトリックはね、マジシャンがテレビでやって有名になったものです。きっと高円寺は、それをパクったんでしょう」

本藤は首を振った。

「でも、あの箱は私の家にあった箱だ。高円寺が細工できるはずがない」

反論する本藤に、涼子は言った。

「高円寺が使った木箱が蔵座敷のなかにあったものだと、あなたは言いきれますか。おおかた高円寺は、折り畳み式の木箱に細工を施し、それを懐に入れて蔵座敷に持ち込んだのでしょう。そして、さもその場にあったかのように、取り出して見せた」

大輔は堪《たま》らず、口を挟んだ。

「違います！」

語気の強さに、涼子が一瞬たじろぐ。

「あのマジック暴露番組は、ぼくも見てました。だから、途中でこっそりなかを確認したんです。あなたがおっしゃるように、上蓋にプリンターが仕込まれているに違いない、と思って」

涼子が眉を吊り上げた。

「じゃあ、仕掛けはなかった、と言うの」

「はい。残念ながら」

大輔は続けた。

「納得いかないぼくは、社長にお願いしてあの箱をお借りしました――神秘の力に肖《あやか》りたいからと。で、友達の病院でX線検査にかけてみたんです。箱を持ち込んだ方法はわからなかったけど、絶対なにか仕掛けがあるはずだ、と思いました。しかし、なにも出てこなかった。ただの古い木箱だったんです。あれは蔵座敷にもとからあった箱です。だからこそ、不思議なんです。やつは限りなく怪しい。だけど、肝心のトリックがわからない。いまでも釈然としない気持ちです」

空《くう》を睨んでしばらく考えていた涼子は突然、なるほどねえ、と肯いて笑みを漏らした。

「高円寺ってやつは、思った以上に頭が切れるわね」

「どういうことだ。説明してくれ」

本藤が勢い込む。

涼子は本藤を見た。

「箱は囮《おとり》です。特に、あのトリックを暴露する番組を観ていた人なら、箱にプリンターが仕掛けてあるとすぐに気づく。だけど、もし先入観が外れたら、目の前の事象を超能力の成せる業《わざ》と誤解しやすい。つまり、箱の細工以外にあり得ないのに、箱の細工はなかった、もしかしたら本当に超能力かも——そういう図式ね。高円寺はそこを狙った。もうひとつの単純なトリックから目を逸らせるためにね」

そこまで言って、涼子は貴山に目をやった。

「ねえ、あなたわかった」

「パラボラ・アンテナ、ですか」

貴山はぼそりと言った。

「さすが貴山。伊達《だて》に東大は出てないわね」

大輔と本藤は顔を見合わせた。貴山が東大出なのはさておき、ふたりの言ってる意味が、まったくわからない。

本藤が続きを促す。

「どういうことだ。教えてくれ」

涼子は胸の前で手を組むと、自信に満ちた声で推理を展開した。

高円寺はあらかじめ、仲間と組んで本藤家の衛星放送アンテナに仕掛けを施した。おそらく夜間、なんらかの方法で敷地内に忍び込み、屋根に上がってアンテナに特殊な機器を取り付けたのだろう。屋外であればセキュリティも、それほど厳しくない。当日、本藤家の近くに停めた車で仲間が待機し、用意した映像の電波を飛ばせるようにする。

「つまりあれは、録画だった、というのか」

本藤は信じられない、というように首を振った。

でも、と大輔は疑問をぶつける。

「競艇はたまたまです。競馬になるか競輪になるか、高円寺にはわからないじゃないですか。それに日程や天候の問題もある」

涼子は、いいところに気がつきました、とでも言いたそうな顔で微笑んだ。

「そうね、そこが問題ね」

そう言って空を仰ぐ。やがて先ほどのように、なるほどねえ、と肯いて視線を戻した。

「競馬も競輪も競艇もオートも、衛星放送で放映される公営ギャンブルは、ぜんぶ用意した。当日の天候は気象データで予測し、近い空模様のビデオを選んだ。日付がわからないように、編集を施してね。高円寺はあらゆるケースを想定していたはずです。あなたたちがレースに興味がないことは、仕入れた情報で知っていたんでしょう。だから、安心して録画したビデオを流した。あとは、袖口に隠したスマートフォンで仲間に連絡を取り、種別を指定してスタートの合図を送る。スマートフォンは過去のレース結果を確認する、メモ帳代わりにも使ったんでしょうね。放映がはじまったとき、もしかしたら一瞬、画像が乱れたりしませんでしたか」

本藤が自信なさげに、首を傾《かし》げた。が、大輔は思い当たった。

言われればたしかに、当日わずかに画像が乱れた記憶がある。強風のせいかと気にもしなかったが、そういうことだったのか。

それにそもそも、本藤も大輔もその手のギャンブルには興味がない。競馬のＧ１レースくらいは知っているが、馬の名前はほとんど記憶にない。たとえメインレースであろうと、まったく気づかないはずだ。本藤も似たりよったりだろう。

なるほど、なかなか頭が切れる。高円寺はたしかに、稀代の詐欺師だ。

腕を組んで考えていた本藤が、ぽつりと言った。

「そうか、ネタ元はレガーナのママか」

涼子が肯く。

「おそらく。高円寺はそのママから、情報を仕入れたんでしょう。ふたりともレースに興味がないとか、本藤社長が映画好きで衛星放送の全チャンネルに加入しているとか、蔵座敷に大量の骨董品があるとか。ただ高円寺は、ママも騙している。彼女も被害者のひとりです。最近のパチンコの当たり台を言い当てたという話も、小細工に決まってます。パチンコ台はすべてコンピューターで制御されている。高円寺が経営者にあらかじめ金を握らせて、台が当たるように遠隔操作させたんでしょう」

大輔は、ふと浮かんだ疑問を口にした。

「もし蔵に木箱がなかったら、どうするつもりだったんだろう」

「簡単なことよ。茶碗でもなんでも使えばいいじゃない。まあ、木箱の方がより目眩ましにはなったでしょうけど」

涼子は本藤を凝視しながら、きっぱりと言った。

「高円寺は予言者ではありません。狡猾《こうかつ》な詐欺師です」

本藤は肩を落とした。やっと、すべてを認識したのだろう。ショックで言葉も出ないようだ。

「自信が、なかったんだ」

長い沈黙のあと、本藤は絞り出すように言った。

「自信が、なかったんだ。自分の決断で親父が作った会社を潰すかもしれない。そう思うと、怖くて堪らなかった。だから、なにかに縋《すが》りたかったんだ」

本藤が仕事で悩んでいることは知っていた。だが、悩む理由が、一代で藤請建設を創り上げた父親の存在に由来するものだったとは、知らなかった。

涼子が厳しい口調で言葉を発した。

「あなたになかったものは、自信ではありません」

「自信では、ない」

本藤が顔をあげる。

涼子は本藤を、生徒に接する教師のような目で見据えた。

「あなたになかったものは、覚悟です」

本藤は、はっとしたように目を見開いた。涼子が続ける。

「誰だって、自信などありません。勝つか負けるか、成功するか失敗するか、その狭《はざ》間《ま》でいつだって人間は悩んでます。ただ、負けたときの覚悟があるのとないのとでは、その後の人生がまったく違います。あなたのお父様が、なぜ、成功されたのか。

それは、自信があったからではない。失敗したときの覚悟が出来ていたからです。負けたときの覚悟が持てない限り、あなたはお父様を超えることはできません」

「負けたときの、覚悟……」

本藤は涼子の言葉を、ゆっくりと反芻《はんすう》しているようだった。

涼子はソファからおもむろに立ち上がると、隣にいる貴山に目配せした。

貴山が立ち上がる。

「では、私たちはこれで」

涼子が先に立ち、出口へと向かう。貴山は本藤と大輔に向かって軽く頭を下げると、涼子の後に続いた。

五

涼子は貴山と一緒に、ホテルの地下にある駐車場に向かった。

乗ってきたサーブの側《そば》に立つと、老齢の女性が駐車場の奥から近づいてくるのが見えた。グレーの仕立てのいいスーツに、ピンクの帽子を被り、黒いハンドバッグを手にしている。本藤の母親、朝子だ。

朝子は車の側に立つと、涼子と貴山に向かって頭を下げた。

「ラウンジの隅から、すべてを見させていただきました。この度はありがとうございました。これで息子も、目が覚めたでしょう」

涼子は恐縮して頭を下げた。

「ご子息には、きついことを言ったかもしれません」

朝子は目尻に皺を寄せて笑うと、首を振った。

「あの子にはいい薬になったでしょう」

そう言って小さく息を吐くと、コンクリートの地面に視線を落とす。

「秘書の新井から、息子が変な男に入れあげているという話を聞いたときは、心配で夜も眠れませんでした。先代の夫は、努力で未来を切り拓いた人でした。夫と長年連れ添った私は、未来は努力によってしか決められない、と肝に銘じて生きてきました。ずっとそうやって生きてきた私には、高円寺の力を信じることは、どうしてもできませんでした。でも、息子は高円寺を狂信し、私の言葉に耳を貸しません。そこで、あなたに息子の目を覚ましてほしい、とお願いしました」

涼子は肯いた。

それにしても、と言いながら、朝子は感慨深げに涼子を見た。

「あなたはやはり、優秀な方ね。とても頭がいい。あなたなら私の悩みを解決してくださると信じていたけれど、あんなにスムーズに事が運ぶなんて思っていなかったわ。手際の良さといい段取りといい、素晴らしかった」

涼子は背後にいる貴山を振り返った。

「彼のおかげです。貴山は一週間でそれらしく聞こえる中国語のイントネーションを完璧にマスターし、見事に五十代の中国人になりきってくれました。私が高円寺に仕掛けた芝居は、ご子息や高円寺が貴山を本物の中国人の社長だと信用しなければ、成立しなかったでしょう。もっとも、単語は無茶苦茶でしたけど」

朝子は貴山を見ると、品のいい微笑を浮かべた。

「優秀なエージェントの助手を辞めても、役者としてやっていけるわね」

貴山は肯定も否定もせず、曖昧《あいまい》に頭を下げた。劇団員だった過去は、知られたくないらしい。

朝子が改めて、涼子に目を向けた。瞳には、憐憫《れんびん》の情が浮かんでいる。

「あなたが弁護士資格を剝奪されていなかったら、藤請《うち》建設の顧問弁護士にしたかったわ」

涼子はゆっくりと、首を振る。

「六法全書に囚《とら》われず自由に動けるこの仕事の方が、私には合っています」

朝子はバッグから、白い封筒を取り出した。封を開けて、中身を涼子に見せる。なかには、帯封された一万円札の束がひとつ入っていた。朝子は封を閉じると、封筒を差し出した。

「今回の依頼料、百万円よ。それとは別に、助手の方が着ていらっしゃるスーツやプリンター代などの必要経費も、お支払いします。あとで、私のところに請求書を送ってちょうだい。届き次第、そちらが指定する銀行口座に振り込むわ」

「ありがとうございます」

封筒を受け取り、バッグにしまう。

顔を上げると、朝子が慈しむような目で見つめていた。

「あなたには、また会いたいわ」

涼子は目を閉じて、首を振った。

「〝また〟はないよう願っています。私に会うときは、そちらがお困りのときでしょうから」

朝子は小さく微笑んだ。

「お気遣い、ありがとう」

涼子は貴山を見る。

貴山はアイ・コンタクトで肯くと、上着のポケットから車のキーを取り出した。ロックを外して助手席のドアを開ける。涼子が助手席に乗り込むと、貴山は運転席に座った。

貴山がエンジンをかける。

涼子は車の窓を開け、朝子に頭を下げた。

「では、失礼します」

朝子が会釈する。

涼子を乗せたサーブは、勢いよく駐車場を飛び出した。

合理的にあり得ない

一

ヘッドを意識して、八分の力でクラブを振りおろす。白いボールは小気味いい音を立て、ネットの真ん中に突き刺さった。

神崎恭一郎《かんざききょういちろう》は満ち足りた気持ちで、買ったばかりのウッドを撫《な》でた。

来客がない日の朝は、自宅の庭に設《しつら》えたゴルフ練習用のネットに向かい、二時間ほどクラブを振る。そのあと、家を建てるときにこだわった北欧風のサウナを楽しむのが日課だ。耐熱ガラスで仕切られたテレビ画面で、スポーツ・チャンネルのゴルフ番組を観ながら、たっぷり汗をかく。締めの水風呂が、堪らない快感だった。腹もほどよく減り、サウナを出るころには、ちょうど遅めのブランチの時間になっているという寸法だ。

その日も、庭に面したテラスの椅子に腰かけると、家政婦の友子《ともこ》が焼き立てのライ麦パンとベーコンエッグ、ベビーリーフのサラダ、淹《い》れたてのコーヒーを運んできた。

パンを口にしながら、恭一郎はいつものように友子を褒めた。

「君のライ麦パンは絶品だね。麦の甘みとほどよい酸味が絶妙だ」

日によって褒める料理はまちまちだが、均《なら》せば、一週間でほぼ同じ台詞《せりふ》を繰り返している。友子に対する、挨拶のようなものだ。

友子は家政婦として神崎家に勤めて二十年になる。もうすぐ五十の大台に乗る、と衰えていく体力を嘆《なげ》いているが、今年還暦を迎える恭一郎から見ればまだまだ若い。

「あと二十年は頼むよ、君の料理以外は食う気になれない。いっそ、君と結婚すればよかった」

取って置きの笑みを浮かべて顔色を覗《のぞ》く。頬を緩めて頭を下げる友子の顔が、わずかに赤らんでいる。満更でもない表情だ。

女性におべっかを使うのは、恭一郎のポリシーのようなものだった。女は、とりあえず褒めてなんぼだ、という信念でこれまで生きてきた。たとえ相手が、自分が雇っている家政婦であっても、だ。

それにしても——

食事を終えた恭一郎は、誰もいない向かいの椅子に目をやった。

コーヒーのお代わりを持ってきた友子に訊《たず》ねる。

「朱美《あけみ》は今日も出掛けてるのか」

友子が、言い辛そうに答えた。

「はい、奥さまは、朝からお出かけでございます」

「今日は本条《ほんじょう》か、それとも藤谷《ふじたに》か」

本条とは、朱美が通っている日本舞踊師匠のことで、藤谷は華道の師匠だ。

「申し訳ありません。行き先まではお訊ねしませんでした」

友子が朱美の行き先を訊かないわけがない。あとで恭一郎から確認されることは承知しているはずだ。訊いても朱美が答えなかった、というのが本当のところだろう。

恭一郎は葉巻を取り出すと、専用のライターで火をつけた。香りを楽しむため、小刻みに吸い込み、ゆっくりと吐き出す。

朱美の様子が変わったのは、三ヵ月ほど前からだ。

恭一郎はバブルの絶頂期、地上げや不動産取引で多額の資産を手に入れた。売って買ってを繰り返し、一千万の資金ではじめた不動産投機は、バブル末期には百倍近くに膨《ふく》らんでいた。

ここまではよくある話だ。あのころは、土地を右から左に動かすだけで、信じられないほど儲かった。ちょっと才覚があれば、誰でも億万長者になれた時代だ。恭一郎が凡百の投資家と違っていたのは、見切りどきを間違えなかったところだろう。

バブルが弾ける直前、恭一郎は不動産をすべて売り払った。運が良かった、と人は言うが、恭一郎に言わせれば運だけではない。投資をはじめたときから、引きどきを、ずっと窺《うかが》っていたからだ。いつ手じまいするか、そればかり考えていた。

合理的に考えれば、膨らんだ風船は必ず弾ける。最後の商いで三億近い金を儲けたとき、ここが終着点だ、と恭一郎は強く思った。その取引には、博打《ばくち》の要素が多分に絡んでいたからだ。一か八かの勝負に勝った以上、深追いは禁物だ。ギャンブルの鉄則は、勝ったときに止める――これに尽きる。

儲けた金は信託銀行へ預け、資産運用に回してある。どれも手堅いものばかりだが、株の配当と利回りだけで、年二千万近い収入になる。いまは趣味のゴルフとクルーザーと釣りを楽しむ、悠々自適の生活だ。

恭一郎は家を空けることが多かった。月の半分は、ゴルフに出掛けるか、釣り仲間とクルーザーで近海に出ている。

したがって恭一郎が在宅の日は、よほどのことが無い限り、朱美は外出しない。食事も共にする。

が、ここ三ヵ月、様子が違っていた。恭一郎が家にいても、朱美は所用を理由に出掛けて行った。用事は買い物だったり、友人との映画鑑賞だったり様々だが、一度出掛けると、半日は帰らない。買い物といいながら手ぶらで帰ってくることも多く、どこに行っていたのか訊ねても、返事をはぐらかした。

まもなく還暦を迎えるとはいえ、恭一郎に言い寄ってくる女は多い。あわよくば恭一郎の愛人となり贅沢《ぜいたく》な暮らしがしたいという下心はもちろんだが、それだけではない。ほどよく焼けた肌に、彫りの深い顔だち。週に一度は通っているジムのおかげで身体も引き締まっている。人あしらいも上手《うま》い。まだまだ、男としての魅力は相当なものだ、と自負している。

それは朱美も同じだった。いままでつき合ってきた女は、二枚目の自分に釣りあう容姿の女だった。なかでも朱美は、群を抜いていた。

出会ったのは恭一郎が三十五、朱美が二十五歳のときだ。当時、宝石や時計を扱う貴金属店に勤めていた朱美を、恭一郎が見染《みそ》めた。一目惚れだった。並はずれて端整な顔立ちだけでなく、肉感的なスタイルにも惚れた。仕草も言葉も品があった。こんないい女が、世の中にいるのか、とまで思った。

朱美に出会い、恭一郎はすぐに交際を申し込んだ。歳の割に金回りのいい恭一郎を、朱美は最初、胡散臭がった。投資家――という職業も当初は色眼鏡《いろめがね》で見ていた。だが、恭一郎は押しの一手と誠意で、なんとか朱美を射止めた。

朱美の美しさは五十になっても衰えない。肌や目尻に齢は感じるが、それ以上に、大人の女性にしかない美しさがあった。

その朱美に言いよる男がいてもおかしくない。いや、むしろいると考えた方が自然だ。が、男がいるとは思わなかった。男がいれば女は変わる。隠せない色香が出る。朱美の変化は、男を感じさせるものではない。数えきれないほどの女を知っている恭一郎だからこそ、浮気はないと言い切れる。

それに――

恭一郎は顔をあげて、テラスから見える二階を見上げた。爽《さわ》やかな風が吹く初夏の好天にもかかわらず、南に面している出窓には青いカーテンが引かれている。いや、季節や天気は関係ない。五年間、カーテンはもとより窓も開いたことはない。

そこは克哉《かつや》の部屋だった。恭一郎のひとり息子で、今年二十歳になる。

克哉が引きこもりになったのは、中学のときだ。息子が中学二年のときに、恭一郎は釣り仲間とトラブルを起こした。クルーザーの売買に絡み、契約不履行で訴えられたのだ。一億の売買代金をめぐるトラブルは、双方の言い分の食い違いにより、民事裁判にまで発展した。恭一郎は、金を惜しまず優秀な弁護団を雇い、なんとか勝訴した。

しかしこの裁判で、恭一郎は大きな痛手を負う。相手が、人気ドラマのお父さん役で知られる著名な俳優だったことで話題になり、週刊誌は恭一郎の過去の芳《かんば》しからぬ行状を、「生きていたバブル紳士」などと面白おかしく書き立てた。イニシャル報道ではあったが、読む者が読めば、有名俳優相手に詐欺まがいの行為を働いたのが恭一郎であることは、一目瞭然《いちもくりょうぜん》だった。たしかに過去には、違法すれすれのあくどい商売をしたこともある。だがそれは、多かれ少なかれ、誰もがやっていることだ。たとえ訴えられても、要は負けなければいいのだ。

大人の世界では、勝ちは正義だった。しかし子供の世界では違っていた。

裁判をめぐる一連の騒動が学校で噂になり、克哉はクラスでいじめにあう。

朱美は中学校に出向き、対応を迫った。が、いじめは止まらなかった。時間が経つにつれ収まるどころか陰湿化し、ネットの掲示板といった、教師たちの目に触れない場所で行われるようになっていった。

朱美は恭一郎に、学校や教育委員会に足を運び、現状を伝えていじめの対応を求めてくれ、父親として克哉の悩みや苦しみに耳を傾け、立ち直らせてやってほしい、と何度も懇願した。

が、恭一郎は克哉の問題を放置した。子供の教育は母親の役割だと思っていたし、なにより、息子と真剣に向き合うことが不得手だった。恭一郎の父親は家庭をまったく顧《かえり》みない人間で、恭一郎自身、叱《しか》られたこともなければ、遊んでもらったこともない。父親というのは、そんなものだ、と考えていた。それに、高校に入学し環境が変われば、いじめの問題は自然に解決するだろう、と高を括《くく》っていた。

しかし、克哉は都内の高校に合格はしたが、入学式から一週間で学校へ行かなくなった。そのころには、すでに克哉の心は頑《かたく》なに閉ざされていた。高校は一年間休学し、ほどなく自主退学した。

あれから五年間、手洗いや風呂に入るとき以外は、部屋から出てこない。食事は、盆の上に載せて部屋の前に置く。しばらくして様子を見に行くと、空になった食器が置かれているといった具合だ。

ここ一年ほどは、克哉の引きこもりはさらに悪化している。ときに暴力的になり、食器や部屋のなかのものを壁に投げつけたりもする。一度、克哉が風呂に入っているあいだに、友子と朱美が掃除しようとしたが、無断で部屋に入ったことに克哉は激怒し、リビングに降りて来て調度品を破壊しつくした。それ以来、克哉の部屋は荒れるに任せてある。

いままで朱美は、克哉から目を離したことはない。友子から、奥さままで閉じこもっていては精神的によくありません。坊ちゃんは私が見ていますから少し外へ出た方がよろしいです、と再三促され、ようやく腰をあげる程度だった。出掛けても、たいていは二、三時間で帰ってくる。週の大半、しかも夫が在宅しているというのに、半日以上も家を空けるなどいままでなかったことだ。克哉が引きこもって以来、封印していた趣味の旅行にも、最近は友人を誘って行くようになった。

――いったい朱美はどこへ出掛けているのか。

思いを巡らせていると、友子が電話の子機を持ってきた。恭一郎に、東和《とうわ》信託銀行から電話が入っているという。東和は、恭一郎が資産を預けている信託銀行のひとつだ。

恭一郎は電話を替わった。受話器から聞き覚えのある声がする。神崎家の担当を長く務めている、高田《たかだ》だった。

「おくつろぎのところ申し訳ございません。実は、折入ってお伝えしたいことがございます。少々、お時間を頂戴してもよろしいでしょうか」

新規ファンドの説明なら結構だ、と答える。が、高田の返事は意外なものだった。

高田は言い辛そうに、奥さまに関わることでございます、と声を潜めた。

「朱美に？」

怪訝な思いで話を聞く。

高田によると、朱美はこの二ヵ月のあいだに、かなりの金を口座から引き出しているという。一度に下ろす金は三百万から五百万ほどで、合計二千万円にのぼっているらしい。

「本来でしたら、お客様がご自分の財産をどのように運用されても私どもが口出しすべきことではございません。ですが、奥さまから、主人には内密にと、指示がございまして……私といたしましては、差し出がましいようですがやはりこれは、一度お耳に入れておいた方がよろしいかと……」

初耳だった。

結婚してからいままで、朱美に金の使い方でとやかく言った覚えはない。自由に使わせてきた。それというのも、朱美が常識的な金銭感覚の持ち主だったからだ。何百万もする貴金属やブランドのバッグなどには興味がない。妻に限って、無謀《むぼう》な金の使い方をするはずがないと信頼しているから、銀行の印鑑も朱美に預けている。

「妻は金を何に使うか、言っていなかったか」

「私も、それとなくお訊ねしたのですが、お答えになりませんでした」

知らせてくれた礼を言い、恭一郎は電話を切った。

椅子の背にもたれ、庭を眺《なが》める。恭一郎の胸に、ふつふつと怒りが込み上げてきた。

普段から、多少の贅沢はしてもいい、と朱美には言っている。いまの自分の資産からすれば、二千万など大した金ではない。朱美が用途を説明すれば、出し渋る額ではない。問題は、自分に黙って引き出しているということだ。秘密にしているということは、朱美を信頼している自分への裏切りでもある。

恭一郎は、宙を見据えながら、肘《ひじ》かけに置いている手を強く握りしめた。

二

朱美が帰ってきたのは、夕方の五時を回った頃だった。

朱美はリビングのソファに座っている夫を見つけると、微笑みながら声をかけた。

「いま、戻りました。すぐ着替えてくるから」

ドアを閉めて寝室へ行こうとする朱美を、恭一郎は呼び止めた。

「ここに座りなさい」

いつにない真剣な口調に、朱美は不思議そうに首を傾げ、隣へ座る。

「どうしたの、怖い顔して」

朱美は、突然思いついたように表情を強張《こわば》らせ、震える声で言った。

「もしかして、克哉がなにか……」

「いや、克哉のことじゃない」

朱美がほっと安堵《あんど》の息を漏《も》らす。

「じゃあ、いったいなにかしら。あなたがそんなに怖い顔するなんて」

「お前、私に黙っていることはないか」

「なんのこと？」

本当に思い当たらない、そんな口調で朱美は訊き返す。目をかけてきた高田がまさか秘密を漏らすとは、考えてもいないのだろう。

恭一郎は朱美に顔を向けた。

「今日、高田から電話があった」

朱美の顔から血の気が引く。恭一郎がなにを言わんとしているか察したようだ。

「このふた月のあいだに、口座から二千万の金を引き出したそうだな。いったい、なにに使っているんだ」

「それは……」

「それは、なんだ」

朱美は俯き、口を閉ざす。頑なに理由を言おうとしない態度に、恭一郎の怒りはさらに募った。

「本当のことを言いなさい。いったいなにに使ったんだ！」

滅多に大きな声を出さない恭一郎の、いつにない剣幕に驚いたのだろう。朱美は怯《おび》えた目で恭一郎を見やり、やっと金の用途を口にした。

実は——ある霊能力者のところへ出入りしている、と朱美は言った。金は、身に着けていたり手元に置いておくと、幸運がもたらされる石や皿、壺の代金に使ったのだという。

怒りと馬鹿馬鹿しさに、呆《あき》れて言葉が出なかった。

「お前がそんな詐欺に騙されるとは……」

「違う！」

朱美は声を荒らげて否定した。

「詐欺なんかじゃないわ。先生からお譲りいただく品を手元に置いておくと、本当に幸運が訪れるのよ！」

朱美は急いで、脇に置いていたバッグに手を入れた。

「これを見て」

朱美の手には、文庫サイズの古本が三冊、握られていた。本をテーブルの上に置き、表紙が見えるように並べる。パトリック・クェンティンの『俳優パズル』、マージェリー・アリンガムの『反逆者の財布』、そして、ヘレン・ユースティスの『水平線の男』――いずれも東京創元社というところから出ている文庫本だ。

この古本がいったいなんだというのか。

「私、『俳優パズル』の初版本を、十年以上前から探していたの。復刻版なら手に入るんだけど、初版本は滅多《めった》に見つからないのよ。それに、『反逆者の財布』も『水平線の男』も、ものすごく入手困難なお宝本なの」

朱美の趣味が旅行と読書、特に海外ミステリーが好きだということを思い出した。

「今日、先生と神楽坂《かぐらざか》でお会いしたあと、東南の方角を散策すると、あなたが探しているものが見つかるかもしれません、っておっしゃるから、別れたあと、神田《かんだ》に行ったの。だって、東南の方向、探してるもの、とくれば神田の古本屋街しかないじゃない。で、行きつけの古本屋に立ち寄ったら、そこで探し求めていたこの三冊を見つけたの。こんな偶然、あると思う?」

一度、秘密を口にした朱美は、堰《せき》を切ったように、いかにその霊能力者の能力が凄いかを、熱く語りはじめた。

半月ほど前、友人と一泊で九州の湯布院《ゆふいん》に旅行に行ったが、そこの温泉街で猫のグッズを扱っている店を見つけた。昔から猫が好きで、猫の雑貨には目がない。店に立ち寄り眺めていると、一年前に死んだ愛猫のミルにそっくりの写真がプリントされているマグカップを見つけた。最初は目を疑った。似たような猫はたくさんいる。同じなのはアメリカンショートヘアーという品種だけなのではないか、と思い直した。が、額のハート形に見える模様《もよう》や、目の縁にあった滴《しずく》を垂らしたような白いぶちも同じだ。きっとこれは、ミルを亡くして悲しんでいる自分を慰めるために天が遣わした贈り物なのだ、と感じたという。

「私が旅行に行く前、先生は、幸運の石を持って南方にある温泉に行くといいことがあるっておっしゃっていたのよ。そのとおりだったわ」

恭一郎は呆れながら言った。

「なにか裏があるに決まってるだろう。合理的にあり得ない」

朱美は激しく首を横に振る。

「先生は別府《べっぷ》がいいとか、霧島《きりしま》がいいとか、特定の地名はおっしゃらなかった。湯布院に行こうって決めたのは私なの。先生は私がどこに行くかなんて知らなかったのよ。裏があるわけないわ」

それに、と朱美は口元に笑みを浮かべると、キッチンへ行き、一枚の皿を手に戻ってきた。青いガラス製の平皿で、切ったメロンを載せるのにちょうどいいくらいの大きさだった。一見、どこにでもある平凡な皿だ。

「これがなんだというんだ」

「克哉がね、お代わりしたの」

朱美の話によると、引きこもりの息子に関わる悩みを霊能力者に告白すると、霊能力者はこの皿を朱美に差し出し、これに料理を盛り付けて出すといい。きっと、息子さんからなにかしらの反応がある、と言ったという。

「先生から、いくつか料理を教えていただいて、さっそくこのお皿で克哉に料理を持って行ったの。そうしたら、いつもは部屋の前に空いた皿が置かれているだけなのに、めずらしく階段を降りて来て、お代わりって……」

朱美は声を詰まらせて、皿を胸にきつく抱きしめた。

「克哉が私に話しかけてくれたのは、この幸運の皿のおかげ……ううん、先生のお導きのおかげよ。先生のお言葉に従っていれば、私たちは幸せになれるのよ」

恭一郎は苛立ちを隠そうともせず、言った。

「で、その皿はいくらだったんだ」

朱美はつぶやくような声で答えた。

「二百万……」

限界だった。

詐欺のいいカモにされていることも気づかず信じきっている妻の愚かさに、怒りが頂点に達した。

「馬鹿らしい！」

恭一郎は朱美の手から皿をふんだくると、床に思い切り投げつけた。

皿は音を立てて砕け散った。

リビングに朱美の悲鳴が響く。

「なにするの！　大事な皿を！」

「全部裏があるに決まっているだろ！　石だの皿を持っているくらいで幸せになれるなら、この世に不幸な人間などいない。お前は騙されているんだ。目を覚ませ！」

朱美は床に崩れ落ちながら、こなごなになった皿を呆然と眺めている。そのとき、二階の克哉の部屋で、どすん、という大きな音がした。克哉が自分の拳《こぶし》かなにかで、壁を殴りつけたのだろう。

朱美は目に涙を溜めて、恭一郎を睨みつけた。

「見て、あなたのせいよ。あなたが幸運の皿を割ったから、克哉が荒れたのよ」

騒ぎを聞きつけた友子が、リビングに駆けこんできた。床に散乱する皿のかけらや、睨みあっているふたりの様子から、徒《ただ》ならない気配を察したのだろう。頭を下げながら恭一郎の前を通り過ぎると、床に泣き崩れている朱美を抱きしめ、立ち上がらせた。

「先生、先生……」

譫言《うわごと》のように唱えながら、朱美は友子に支えられ部屋を出て行った。

恭一郎は散らかった部屋を見渡すと、深い溜め息をつきソファに座った。

なにが霊能力者だ。なにが先生だ。そんなものこの世に存在するわけがない。

恭一郎はテーブルの上に置いていた携帯を手に取ると、ある番号を押した。

電話が繋がる。

「私だ」

電話の向こうから、屈託のない明るい声が聞こえる。

「お久しぶりです、神崎さん。お変わりありませんか」

電話の相手は、熊ケ谷《くまがや》文典《ふみのり》。恭一郎が古くから使っている、興信所の人間だ。熊ケ谷が経営している興信所は、さほど大きくはない。社員は、社長という肩書の熊ケ谷のほか、五、六人しかいない。が、口が堅く、いい仕事をする。まだ、三十そこその若さだが、世の中の裏もよく知っている。相場より金はとるが、重要な局面では昔から熊ケ谷を使っている。

社交辞令の挨拶には答えず、恭一郎はすぐに話を切り出した。

「調べてほしい者がいる」

恭一郎は手短に、事情を説明した。

「ほう、奥さまが」

熊ケ谷は、含みのある声を漏らす。

「すっかり入れあげてしまって、胡散臭い物を購入している。朱美を誑《たぶら》かしている詐欺師の素性を調べてくれ」

「相手の名前とか、住んでいる場所とか、なにかご存じありませんか」

自分も、妻の愚かさを今しがた知ったばかりだ。なにもわからない。

恭一郎はぶっきらぼうに答えた。

「それを調べるのが、君の仕事だろう」

熊ケ谷は、たしかに、と笑った。

「ゼロからの調査になると、少々、時間をいただきますがよろしいでしょうか。あと、その分の料金も――」

「金ならいくらかかってもいい。が、時間は別だ。早急に頼む」

承知しました、と言って電話は切れた。


熊ケ谷から連絡があったのは、二週間後のことだった。

都内にある高層ホテルのロビーで待ち合わせる。

約束の一時ちょうどに恭一郎が行くと、熊ケ谷はすでにラウンジのテーブルについていた。いつもはお洒落《しやれ》なブランド服を身につけている熊ケ谷だが、今日は目立たないよう、地味な吊るしの背広を着込んでいる。

テーブルを挟んだ向かいに座ると、熊ケ谷は軽く頭を下げ、カバンのなかから書類袋を取り出した。

「これが例のものです」

受け取り、中身を確認する。なかには、人物の写真が一枚と、調査書が入っていた。

氏名の欄《らん》に、ふたつ名前がある。

「これはどういうことかね」

「上が霊能力者として使っている名前――要は偽名です。下が本名です」

熊ケ谷は、やれやれといった様子で肩を竦めた。

「なんとも手ごわい相手でしてね。偽名はすぐにわかったのですが、本名と正体をつきとめるまで時間がかかりました」

正体という言葉に、恭一郎はひっかかった。

熊ケ谷は恭一郎に身を乗り出すと、声を潜めた。

「奥さまも、大変な人物に目を付けられましたね」

「どういうことだ」

熊ケ谷はかがめていた上半身を起こすと、ソファから立ち上がった。

「報告書を読めばわかります。少なくとも私は、関わりたくない人物ですね」

熊ケ谷は、長居はしたくない、とでもいうように、そそくさとラウンジから出て行った。

三

西日が差し込むホテルのロビーで、恭一郎はソファに腰掛けていた。

この場所で、熊ケ谷から調査書を受け取ったのは三日前のことだ。

コーヒーを口にし、持ってきた書類袋から一枚の写真を取り出す。今日、これから会う約束をしている、詐欺師——綾小路緋美子《あやのこうじひみこ》が写っているものだ。

恭一郎は、それまで何度も眺めた女の顔を、もう一度見つめた。

職業はモデルだ、と言われてもなんの疑いもなく肯くほど、女は美しかった。

信号待ちでもしているところだろうか。歩道に立ち遠くに視線を向けた目は、長いまつげに縁取られ、憂いを帯びているように見える。通った鼻梁《びりょう》と薄い唇は、見る者に怜悧《れいり》な印象を与えるが、顔立ちからは隠しようのない気品が漂っている。写真からでも、人を惹《ひ》きつけるオーラが感じられた。立場が違えば、是が非でも口説《くど》いてみたい、と思わせる女だった。

しかしこの女は、持ち前の美貌と狡賢《ずるがしこ》い頭脳を武器に、男ばかりか、妻の朱美まで籠絡《ろうらく》している。

——とんでもない女だ。

恭一郎は書類袋から、緋美子の調査書を取り出した。自宅で何度も読み返したものだ。そこには朱美が、霊能力者の不思議な力のおかげで幸運が訪れた、と言っていた出来事のからくりが書かれていた。

朱美が緋美子から、東南の方角を散策すると探し物が見つかる、と言われて、神田で長年探していた古本を手に入れた件。熊ケ谷が神田の古本屋街を調べ歩いたところ、数軒の古書店で、妻が手に入れた初版本が売られていたことがわかった。なかなか手に入らないはずの本が、数軒の店にあることを不思議に思い、どのような経緯で店にあるのか、と熊ケ谷が店主に訊ねると、どの店主からも同じ答えが返ってきた。朱美が本を購入する日の午前中、ひとりの男が本を売りに来た。貴重な本が持ちこまれたことに店主は喜び、すぐさま買い取ったという。

朱美が、不思議な力によって手に入ったと思っている本は、事前に仕込まれたものだったのだ。本を売りに来た男は、おそらく緋美子の仲間だろう。

九州の湯布院で手に入れたという、亡き愛猫のマグカップにしてもそうだ。

朱美がマグカップを購入したというショップの従業員から事情を聞いたところ、朱美が湯布院を訪れる前日に、ある男が訪ねていたことがわかった。

男はバッグのなかから、猫の写真がプリントされているマグカップを取り出し、店に置いてほしいと懇願した。明日、自分の伯母が湯布院に旅行に来る。猫好きの伯母は、必ずこの店に立ち寄るはずだ。カップにプリントされている猫は、伯母が可愛《かわい》がっていた愛猫で、自分が写真から焼き付けたものだ。自分の猫がプリントされているカップを見つけたら、伯母はきっと驚く。伯母の誕生日にちょっとしたサプライズを仕掛けたいから、レジの横に置いてほしい、と男は言った。

こちらの身勝手なお願いだから、商品代金はもちろんいらないし、店の棚をお借りする謝礼もお支払いする、と一万円を差し出した。カップの売り上げも店のものにして結構だ。そう男から言われ、店主はマグカップを引きとった。果たして、翌日、伯母と思われる女性がやってきた。女性はマグカップを見るとひどく驚き、感慨深げに購入していったという。

猫のマグカップも、緋美子によって仕込まれていたものだった。

朱美は、旅先に湯布院を選んだのは自分の意思だ、と言っていたが、自分では気がつかないうちに、緋美子に誘導された可能性が極めて高い。おそらく、緋美子との会話のなかで、朱美は自分が旅行の計画を立てていることを話した。それを聞いた緋美子は、湯布院がいかに素晴らしい温泉地であるかを語り、朱美の心が湯布院に傾くよう仕向けた。そして、仲間の男に先回りさせ、猫好きの朱美なら必ず立ち寄るであろう猫ショップに、マグカップを仕込んだ。なにも知らない朱美は、緋美子のお告げどおり、亡き愛猫の——朱美にとっては瓜二つの猫の——マグカップを入手する奇跡に出会った。

克哉がお代わりをしたという幸運の皿については、調査書にはなにも書かれていない。たしかに、朱美が家で調理して出したものを、調べられるはずはない。が、前例のふたつがインチキだとわかれば、皿に関してのからくりも容易に想像できる。

自分が床に投げつけて割った皿は、小さめのものだった。

朱美や家政婦の友子は、普段から克哉を刺激しないよう気を遣っている。食事も、克哉が不満を持たないように、いつも充分な量を出している。

だが、朱美が幸運の皿と呼んでいたものは、料理を山盛りによそったとしても、食べ盛りの青年の腹が満たされるほど大きくない。料理が口に合えば必然的に、お代わりをすることになる。緋美子はたぶん、朱美との会話から克哉の食事の好みを聞き出していたのだろう。

恭一郎はソファの背にもたれると、ふんぞり返り足を組んだ。

人間の脳は、自分に都合のいいように解釈したがるものだ。

不可思議な力によって与えられた幸運と思えば、どんな些細《ささい》なことでも、脳へ強烈に記憶づけられる。逆に、なにも起こらなかったとしたら、それは通常のこととして処理されていく。

人間の思い込みの例として、野球の試合でよく使われる言葉がある。交代で守備に就いた選手のところへよく打球が飛ぶ、というものだ。が、統計的にはまったく根拠がない。実況が、交代した選手のところへ打球が飛んだときだけ指摘するから、聞いている方はそう感じるだけだ。つまり、人は暗示にかかりやすい生き物だ、ということだ。

——だが。

恭一郎は、軽く舌打ちをした。

ひとつだけわからないことがある。神田の古本屋街にしても湯布院にしても、朱美がそこに赴くことは百パーセント確実ではない。もし朱美が思いどおりの行動をとらなければ、トリックは成り立たないはずだ。

暗示にかけると言っても、緋美子はどうやってそれを確実なものにしたのだろう。催眠術でも使ったのだろうか。

それにしても——

まさか、自分の妻が詐欺師に騙されるとは、考えてもいなかった。

深い溜め息をついたとき、テーブルに影が落ちた。

顔をあげると、照明を背に、ひとりの女が立っていた。綾小路緋美子だ。身体にフィットするタイトスカートを穿《は》き、白いブラウスを身に着けている。手足が長く、腰位置が高い。女の後ろには、三十前後の男が立っていた。いい体格をしている。かっちりとしたスーツ姿は、まるでボディガードを思わせる。

緋美子は悠然と微笑んだ。

「お待たせしました。神崎恭一郎さんですね。お会いできて光栄です」

四

目の前にいる緋美子は、写真よりも美しかった。肌は磁器のように白く、艶《つや》めく黒髪がよく似合っている。話し方も、コーヒーカップを口にする仕草もゆったりとしていて、洗練されていた。霊能力者というよりも、仕事の出来るキャリア・ウーマンといった感じだ。

少し距離を置いて隣に座った男は、緋美子の秘書だと名乗った。秘書とは名ばかりで、実際は詐欺の仲間だろう。

「ここのホテルのコーヒーははじめてですが、いい豆を使っていますね」

緋美子は満足げにコーヒーを眺める。

妖艶《ようえん》な美しさに呑まれそうになる自分を、恭一郎は心で奮い立たせた。

「今日は、コーヒーの味を語るためにお呼び立てしたのではない」

恭一郎の厳しい口調に怯《ひる》む様子もなく、緋美子は笑みを浮かべながら肯いた。

「奥さま——朱美さんのことですね」

緋美子は落ち着きはらって答えた。困惑や躊躇《ためら》いの表情はまるでない。

——舐《な》めやがって。

恭一郎はソファから身を乗り出すと、上目遣いに緋美子を睨みつけた。

「わかっているなら話は早い。朱美から騙し取った金を、返してもらおう」

「騙し取った？」

芝居がかった様子で、緋美子が眉を顰《ひそ》める。ふてぶてしい態度に、腹の底から怒りがこみ上げてくる。

「貴様が嘘八百を並べて妻に買わせた、幸運の石やら皿やらのことだ。その代金およそ二千万円、耳を揃えて返してもらおう」

緋美子は恭一郎を見据えると、毅然とした声で答えた。

「品物の代金はお返しいたしません」

「なんだと！」

怒りにまかせて腰を浮かせた。

恭一郎が動くより早く、秘書と名乗った男が、主人を守るようにふたりのあいだへ身を滑り込ませる。

緋美子は、大丈夫、というように男を手で制した。男は大人しく、もとの位置に座った。

恭一郎は姿勢を戻すと、隣の席に置いていた書類袋をテーブルの上に投げつけた。

「お前が朱美を騙した証拠はここにある」

緋美子が書類袋を手にし、中身を取り出す。顔色ひとつ変えず書類に目を通すと、丁寧に袋に戻し再びテーブルの上に置いた。

恭一郎は、緋美子を睨みつけた。

「興信所をつかってすべて調べはすんでいる。どうだ、これでもまだ白《しら》を切るつもりか。綾小路緋美子――いや、上水流涼子」

熊ケ谷の調査書にあったふたつの名前は、偽名の綾小路緋美子と、本名の上水流涼子だった。涼子は上水流エージェンシーという怪しげな会社を経営している。

本名を呼ばれた涼子は、口元に静かな笑みを浮かべた。

「よくお調べになりましたね」

恭一郎は涼子に詰め寄った。

「お前が朱美に仕掛けたインチキは、すでにもうネタが割れている。さあ、騙し取った二千万円を返せ。ごねるようなら、出るところに出てもいいんだぞ」

詐欺を行っていたことがばれたというのに、涼子は涼しい顔をしている。それどころか、余裕の笑みすら浮かべていた。

「出るところに出られて困るのは、神崎さん、あなたの方なんじゃないですか」

「なんだと」

それまで穏やかだった涼子の表情が一変する。

「松下昭二《まつしたしようじ》、という名前に覚えはありませんか」

恭一郎は眉根を寄せた。そんな名前に覚えはない。そう答えると涼子は、では、と言葉を続けた。

「以前、あなたに土地売買の詐欺で騙されてすべてを失い自殺した男、そう言えば思い出すかしら」

恭一郎の脳裏に、中年の冴《さ》えない男の顔が浮かんだ。自動車部品の工場を経営していた男で、自分が嵌《は》めた男だ。そうだ。そいつが所有していた工場の名称が松下自動車工場。男の名前がたしか、松下昭二だった。

二十年以上昔の話を、なぜいまこの女が口にするのか。朱美を騙したことと、いったいなんの関係があるのか。

恭一郎の額に、じっとりと汗が滲んでくる。

涼子はソファにもたれると、恭一郎をじっと見据えた。

「半年ほど前、私の事務所をひとりの女性が訪れました。女性の名前は、仮に祥子《しょうこ》さんとしておきましょう。祥子さんの依頼は、ある男に騙し取られた金を、奪い取ってほしい、というものでした」

祥子の夫は、地元で小さな自動車部品工場を経営していた。実入りは少ないが、夫婦ふたりで堅実に暮らしていた。が、ある日、夫の同級生、正志《まさし》から思わぬ儲け話を持ちかけられたことで人生が変わる。正志の妻の郷里で、大規模な土地開発が計画されている。土地を県が買い取り、一大工業団地を立ち上げるというのだ。経済新聞でも話題になり、同県出身の国会議員まで土地を買い漁っている。妻の知り合いがその土地の一部を所有しているのだが、早急に金が必要な事情があり、いまなら相場で売りに出すという。俺も買うからお前もどうだ、という話だった。

上手くすれば数年後、二倍近い金額で県に売れるかもしれない、と正志は嬉々として言う。

そんな旨《うま》い話があるものか、と思ったものの、夫が調べてみると正志の話は本当だった。河川敷の広大な土地だが、現在の価格は坪二千円。大規模な買収が進めば、最低でも坪三千円にはなりそうだった。万が一、計画が頓挫《とんざ》したとしても、土地そのものに投資に見合うだけの価値はあるから損をすることはない。確かに美味《おい》しい話だった。

そもそも夫は、工場経営に不安を抱いていた。下請けの下請けで、工賃はどんどん下がるうえ、先の展望が見えない。工場の敷地には五千万の価値がある。五千万で買った河川敷の土地が倍で売れて一億になれば、老後は安泰だ、と考えた。

しかし、夫には先立つものがなかった。銀行から融資を受けても、河川敷の土地が売れるまで利息を払い続けなければならない。下手すると、儲けが利息で食い潰されてしまう恐れがある。

諦《あきら》めかけたとき、正志が助け舟を出した。神崎という人物が、工場の土地と、それに見合う河川敷の土地を等価交換してくれる、というのだ。正志も一口乗るという。

神崎という男は、ある巨大宗教団体の代理人を務めているらしく、宗教団体の施設建設のために、下町にある夫の土地が是非とも必要だというのだ。そういえば最近、近所に宗教団体の研修所が出来ていた。

ここが人生の勝負どころだ。

夫は工場の土地の売買契約書に判を押した。

しかしこれは、巧妙に仕組まれた罠《わな》だった。神崎は夫の土地を手始めに周囲を地上げし、マンション会社に三倍の値段で売りつけた。一方、巨大工業団地の計画は頓挫。夫が買った土地は元値で売ろうにも売れず、三年後には、五千万で買った土地は三千万に値下がりしてしまう。

最初に話を持ちかけてきた同級生の正志に文句を言おうにも、正志も同じ被害者だった。工場を失った夫は、生活費の繋ぎにサラ金へ手を出した。借金は見る間に膨らみ、やがて、河川敷の土地も手放す羽目になった。すべてを失った夫は、工場を手放してから十五年後、失意のうちに首を吊り自ら命を絶った。

祥子がすべてを知ったのは、夫の七回忌でのことだった。

夫の七回忌に、夫の自殺のあと姿を消していた正志がやってきたのだ。

正志は夫が死んでから六年のあいだ、地元を離れ、夫に懺悔《ざんげ》をしながらひとりで暮らしていたという。

正志は夫の遺影に手を合わせながら、涙ながらにひたすら詫びる。祥子は正志がなぜ夫に詫びなければならないのかわからなかった。なぜ詫びるのか訊ねると、正志は事の経緯を語った。

夫に土地の売買の話を持ちかけたのは自分だ。神崎という男から、松下から上手く土地を買収できたら分け前をやる、という話を持ちかけられた。同級生を騙すことなどできない、と一度は断ったが、神崎は多額の金を目の前にちらつかせ、地上げの片棒を担《かつ》ぐように誘う。金の誘惑に勝てず、正志は松下を騙した。が、結局、神崎は正志も騙していたのだ。正志が所有していた土地も財産も騙し取られ、一文無しになった。

六年間、ずっと松下に詫びてきた。本来なら、顔を出すことも憚《はばか》れるのだが、時が経てば経つほど、悔いは薄れるどころか深くなる。万が一、ここで自分になにかあったら、自分はあの世で松下に顔向けできない。松下にひと言詫びたくて七回忌にやってきた、と正志は仏前で土下座した。

夫が自殺した真相を知った祥子は、愕然《がくぜん》とした。まさか、そんな背景があったとは思わなかった。

祥子は正志を責める気持ちにはなれなかった。欲に目がくらんだのは夫も同じだ。憎むべきは、金をちらつかせて正志と夫を騙した神崎という男だ。

夫の遺影を眺めていると、工場を失った夫の姿が思い出された。生きる気力を失い、まるで病人のような姿でずっと、「ネジが作りてぇ」とつぶやいていた。

真相を知ったいま、警察に駆けこもうか、と考えた。神崎を詐欺で訴え、夫の無念を晴らしたい、そう思った。

七回忌から一週間後、祥子は、国の無料法律相談所である法テラスを訪れた。事情を説明して、詐欺で訴えたい、と相談する。が、相談員の答えは、詐欺を立証するのは難しいというものだった。

まず、刑事での詐欺罪の公訴時効は、契約を結んだ日から数えて七年。民事は騙されたと知ってから三年。そもそも刑事はもう時効になっている。民事で訴えようにも、詐欺罪が成立するかどうか微妙だ。神崎という男が地上げの目的を隠していたとはいえ、売買契約そのものは合法と思われる、というのだ。

法テラスの帰り道、祥子は涙を堪えるのがやっとだった。

詳しい法律や契約のことは、自分にはわからない。しかし、夫が神崎に嵌められたのは事実だ。神崎のせいで、夫は自ら命を絶ったのだ。人を騙し、死に追いやった人間が、のうのうと暮らしているなんて許せない。せめて——せめて夫が失ったものを取り戻すことができれば。

「思い悩んだ祥子さんは、伝手《つて》を頼って私の事務所へ訪れたのです。神崎さんが、夫から奪ったものを取り返してほしいとね」

涼子は射るような目で、恭一郎を見つめた。

恭一郎も、涼子を睨み返す。

そうか。今回、朱美を騙したのは、松下の一件が絡んでいたのか。自分が松下を嵌めて土地を買収した五千万のうち純損失の二千万を、朱美を通して奪い取ったというわけか。が、なぜ涼子は朱美を狙ったのか。復讐が目的ならば、松下を騙した本人である自分を騙すのが筋だろう。

恭一郎がそう訴えると、涼子は静かに答えた。

「祥子さんから依頼を受けたあと、あなたの身辺を調査しました。家族構成、生活環境、友人や知人関係、生活水準などです。多額の資産を運用会社に預け、自分は趣味を楽しみながら、悠々自適に暮らしている。人がうらやむような生活でしょう。でも、実情はそうではない。幸せを感じているのは、あなただけ。息子の克哉さんと妻の朱美さんは、家庭を顧みず趣味と金儲けにしか関心がないあなたに、満たされない思いを抱き苦しんでいた」

涼子は祈るように顔の前で手を組むと、静かに目を閉じた。

「祥子さんからの依頼を受けたときは、松下さんを罠に嵌めた本人であるあなたを騙そうと思っていました。どうしようか思案しているうちに、奥さまが大きな孤独と夫に対する不満を抱いていることを知りました。あなたに罪はあるが、奥さまにはない。むしろ、奥さまもあなたのせいで苦しんでいる被害者なのだと感じました。祥子さんの依頼を遂行しつつ、奥さまをいまの辛さからわずかでも救って差し上げたい。そう考え、私は奥さまに近づいたのです。奥さまは私が考えていた以上に、孤独だったのでしょう。喫茶店で相席になった見ず知らずの女と、趣味の本の話で打ち解けるまで、そう時間はかかりませんでした」

なるほど、恭一郎はそうつぶやき、不敵に笑った。

「結局、私が騙し取った二千万円を朱美から騙し取り、相殺《そうさい》したというわけか。が、そうはいかない」

恭一郎は、涼子に身を乗り出す。

「自殺した夫の妻が法テラスで言われたとおり、私は正当な手続きを踏んで土地の売買契約書を交わしているんだ。詐欺には当たらない。が、貴様は違う。なんの価値もないただの石や皿を、幸運を呼ぶ不可思議な力があると偽って、妻に法外な値段で売っている。これは詐欺——悪徳商法であることは明白だ。出るところに出て困るのは、お前の方だ」

今度は涼子が不敵に笑った。

「なんだ、なにが可笑《おか》しい」

「あなたはお金を手に入れるための悪知恵は働くけれど、人の気持ちを解する頭はなさそうね」

「なんだと！」

恭一郎は、頭に血がのぼった。

涼子は強い口調で、きっぱりと言った。

「あなたは私を訴えることはできません。なぜなら、あなたの奥さん、朱美さんは、私が売った品物が、なんの価値もないものだと知っていたからです。知っていながら、こちらの言い値で購入したのです。詐欺罪の構成要件たる欺罔《きもう》行為には当たりません」

恭一郎は愕然とした。朱美は、二千万も出して買った品物が、なんの価値もないものだと知っていただと。そんな馬鹿なことがあるものか。この女は訴えられたくないがために、その場しのぎの嘘をついているのだ。

「貴山、例のものを」

涼子が隣の男に向かって言う。

貴山と呼ばれた男は肯くと、隣に置いていた黒い書類カバンから、白い封筒を取り出した。恭一郎に向かって差し出す。

この封筒がなんだというのだ。

封筒の中身を見た恭一郎は、目を疑った。

離婚届だった。妻の欄に朱美の名前が書いてある。

「昨日、奥さまからお預かりしました」

「馬鹿な」

妻が離婚を考えているなど、聞いたこともない。

恭一郎は、封筒のなかに便箋《びんせん》が入っていることに気がついた。急いで取り出す。朱美からの手紙だった。

手紙には、家庭を顧みず、人を欺いて資産を築いてきた恭一郎に対する批難と、夫のあくどい商売を見て見ぬふりをして暮らしてきた自分への悔悟《かいご》の気持ち、さらには、ひとり息子の克哉が心を閉ざしてしまった責任は、人を不幸にして生きてきた自分たちの人間性の問題にある、とまで言い連ねてあった。

手紙は、家族間の問題から今回の上水流涼子の件に移った。

――あなたは私に、緋美子先生（ご本名は別ですが、私にとっては緋美子先生なので、そのようにお呼びします）に騙されているのだ、と言いました。それは、正しくもあり間違いでもあります。

私は緋美子先生から、幸運を呼ぶとされる石や皿を購入しました。が、幸運を呼ぶ、と勝手に思い込んでいたのは私です。緋美子先生は、石や皿は無価値なものだ、とおっしゃいました。ただ、「あなたが、幸運が訪れると信じて手にしていればそのとおりになるかもしれない」と言ったのです。

私は、緋美子先生の言葉に縋りました。そして、自分の身に起こるささやかな幸運に、癒《いや》されていたのです。

今回、緋美子先生があなたに会うにあたり、すべてのことを話してくださいました。緋美子先生が私に近づいたのは、あなたが昔、お金を騙し取ったがゆえに自殺なさった方の奥さまからの依頼だったということ。私が緋美子先生にお支払いした金額の二千万円は、あなたが自殺した男の人から騙し取った金額だということ。

話を聞いても、私は緋美子先生を責める気持ちにはなりませんでした。むしろ、あなたがいままで行ってきた罪により苦しんだ方々へ、少しでも償《つぐな》いになったのではないか、という思いがいたしました。

あなたは緋美子先生を詐欺師だと言いました。あなたも騙した相手に嘘をついた。緋美子先生も私に嘘をついた。嘘をついたことは同じです。でも、人を不幸にする嘘は詐欺、幸せにする嘘は救いだと思います。緋美子先生の嘘は、私にひとときの救いを与えてくださいました。

緋美子先生とお会いするうちに、私のなかでずっとくすぶっていた思いが明確になりました。私はあなたと一緒にいても、安らぎは得られないということです。それは、克哉も同じです。

克哉がお代わりを望んだと聞いたときのあなたは、息子が心を開こうとしたことを喜ばずに、高額の皿を買わされた私を責めた。あのとき、少しでも克哉の歩み寄りを喜んでくれていたら、いま、このような手紙は書いていなかったと思います。――

手紙は、これから克哉とふたりで生きていきます、真の幸福を求めて、と結ばれていた。

五

手紙を読み終えた恭一郎は、手紙と離婚届をびりびりに破った。

歯を食いしばり、涼子を睨みつける。

「金を騙し取るだけでなく、私の家庭を崩壊させる——それが、依頼された復讐《ふくしゅう》の中身だったのか」

涼子は憐《あわ》れむような目で、恭一郎を見つめた。

「世の中、起きる事象にはすべて理由があります。一見、予期せぬ出来事のように思えても、辿っていけば事象が起きる要因に行き当たります。今回の奥さまの手紙と離婚届、あなたにとっては突然の出来事のようですが、私から見れば、なるべくしてなった必然の結果のように思います。私が受けた依頼は、きっかけに過ぎません。そのことに気づかない限り、あなたが離婚届を破っても、奥さまは離婚届を送り続けるでしょう」

涼子が席を立つ。貴山も立ち上がった。

「奥さまからいただいた二千万円は、経費と依頼料を差し引いて、たしかに依頼人にお渡しします。私が受けた依頼は完了しました。もうあなたにも、奥さまにもお会いすることはございません。それでは」

涼子は恭一郎に背を向けた。

「待ってくれ」

恭一郎は絞り出すように言葉を口にした。

「ひとつだけわからないことがある」

立ち止まった涼子は、振り向くと片眉をあげた。

「どうやって、朱美を目的の場所へ行かせたんだ」

意味がわからない、というように眉根を寄せる。

「神田の古本屋街や湯布院で、お前たちがネタを仕掛けていたのはわかっている。だが、どうやって、そこに朱美の足を運ばせた」

なんだそんなことか、というように涼子は口元を緩めた。

「あれはたまたま上手くいった例です。蓋然性《がいぜんせい》を高めるために腐心しましたが、百パーセント確実ではない。ネタはほかにも、いろいろ仕込んでいたのです」

そう言うと涼子は、口元を押さえ艶然と微笑んだ。

——成功したときは奇跡。失敗しても何事もなく、日常は変わらない、ということか。

鮮やかな手口で依頼を完了し、立ち去る涼子たちの後ろ姿を目で追う。

ソファから立ち上がる気力もなく、恭一郎は背もたれに身を預けた。瞑目し、自分が幸運の皿を床にたたきつけて割ったときの、朱美の悲痛な顔を思い浮かべる。

——朱美に離婚を思い留まるよう、どう説得するか。

懸命に考えるが、頭のなかには、なにも浮かんでこなかった。

戦術的にあり得ない

なにも知らない者が見たら、頭を下げる立場と下げられる立場の者を勘違いするだろう。

一

新宿にある上水流涼子の事務所には、四人の男が訪れていた。

貫禄たっぷりの日野照治《ひのてるはる》と厳《いか》つい面相の米澤健一《よねざわけんいち》がソファに座り、護衛の若い者が、ふたりの後ろに立っている。

日野が、テーブルを挟んでソファに座っている涼子に詫《わ》びた。

「急に押しかけて、申し訳ありませんな」

涼子はソファにゆったりと腰掛けたまま答える。

「日野さんは幸運な方だと思います。本来なら、かなり先まで予定が入っていて、今日の今日でお会いできることはありません。今回、請け負っていた仕事がたまたま早く解決したから事務所にいましたが、予定ではいまごろ、渋谷の路地裏を駆けずり回っているはずでした」

日野は破顔一笑した。

「あなたとわしは、ご縁があるということですな」

涼子は日野の言葉を、さらりとかわした。

「さあ、ご縁があるかどうかは、ご依頼の内容を聞いてみなければわかりません」

丸縁の眼鏡越しに見える男の目が、すっと細くなる。

なるほど。人の良い笑顔を見せてはいるが、いざとなると目つきは恐ろしく鋭くなる。

ともすれば時代錯誤を思わせる和服姿も、恰幅《かっぷく》がいい身体《からだ》に馴染み、相応の貫禄を見せ付けている。構成員三百人に及ぶ、暴力団組織のトップだけのことはあった。

事務所の電話が鳴ったのは、朝の九時過ぎだった。

涼子は、公に出来ない揉め事を解決する何でも屋、上水流エージェンシーを経営している。唯一の助手は、貴山伸彦だ。貴山は、紅茶を淹れる手を止めて電話に出た。

「はい、上水流エージェンシーです」

事務所の名前や電話番号は、表には出していない。タウンページにも掲載していないし、ホームページなどネットでの宣伝もしていない。むろん事務所に、看板などない。依頼人はすべて、友人や知人から紹介を受けた者たちだ。フリーで来る者はいない。

応対していた貴山が、ふいに黙り込み、やがて確認するように質《ただ》した。

「関東幸甚《かんとうこうじん》一家……ですか」

パソコンでその日のニュースを見ていた涼子は、いつにない貴山の重苦しい口調に、顔をあげた。貴山は普段、感情を表に出さない。その男が難しい顔をしている。

涼子は貴山に手で、電話を回せ、という仕草をした。

指図に気づいた貴山は気が乗らない様子だったが、上司からの指示に逆らうこともできず、すみやかに電話を繋いだ。

「お電話かわりました。上水流です」

「ああ、あなたが所長さんですか」

だみ声に近いかすれ声が、受話器から漏れる。

相手は、米澤健一と名乗った。関東幸甚一家の若頭を務めているという。いまどき組織名と役職を名乗るやくざはめずらしい。事と次第によっては威力業務妨害や恐喝の罪に問われたり、暴力団排除条例ですぐお縄になる可能性があるからだ。

最初から組織名を名乗る電話に、涼子は悪い予感を抱いた。

関東幸甚一家は、たしか山梨に本拠を置く暴力団組織だ。上水流エージェンシーが反社会勢力とまったく無関係だと白を切るつもりはないが、幸甚一家とはこれまで一度も接点はない。

訝《いぶか》しく思いながら、用件を待った。

「急で申し訳ありませんが、これからそちらの事務所に伺いたいと思いまして」

丁寧な口調だが、相手を威圧するような凄味がある。

「仕事のご依頼ですか」

涼子の問いに米澤は、そうです、と答えた。

「内容は？」

事前に大まかな情報を入手しておく。それが涼子のやり方だった。

上水流エージェンシーは何でも屋を謳《うた》ってはいる。基本的には、どのような依頼も受けるが、引き受けないと決めている依頼がある。

殺しと傷害だ。相手を肉体的に傷つけたり、命を奪うことだけは、絶対にしない。

今回の相手は極道だ。もし、敵対している組の関係者を、闇に葬《ほうむ》ってほしいなどという物騒な話だったら、即座に断るつもりだった。

しかし米澤は、問いには答えなかった。依頼内容は、総長が直接話すという。

涼子は受話器を手で押さえ、貴山を見た。貴山も、涼子を見ていた。表情はない。ただじっと見つめている。会うか会わないか、涼子に一任する、と目が言っている。

涼子は冷静を保つため、深呼吸をひとつした。

よく考えれば、暴力団がうちに殺しを依頼するとは思えない。上水流エージェンシーを総長に紹介した人物が誰であれ、涼子が殺しに関与しないことは、よく承知しているはずだ。第一、暴力団が雇うなら、殺しも厭《いと》わない海外の危ない組織だろう。

となると、風向きは変わってくる。嫌な予感は、喜ばしい予兆へと変化した。極道が秘密裏に依頼してくる相談事だ。おそらく相当な金になる。

涼子は頭のなかで、そろばんを弾《はじ》いた。銀行口座の残高は心もとない。今回の仕事で潤《うるお》えば、いい年が越せる。

涼子は腹を決めた。

「わかりました。幸い、今日は事務所におりますのでいらしてください。話をお聞きします」

米澤は、午後の一時に伺います、と言って電話を切った。

受話器をフックに置くと同時に、机に紅茶が入ったティーカップが差し出された。顔をあげると、貴山が心配そうな表情で顔を窺っていた。

ティーカップを受けとりながら涼子は言った。

「話は聞いていたとおりよ。午後の一時に関東幸甚一家の親分さんが事務所にいらっしゃる。おそらく子分を連れて」

「そうですか」

まるで他人事《ひとごと》のような冷めた言い方で、貴山は自分の机に戻っていく。貴山が臍《へそ》を曲げていることはわかる。優れた頭脳を持つ貴山は、どのようなことにおいても合理的なものを求める。労力や時間の浪費が最小限で、なおかつ報酬が大きい依頼を好む。

本人から無理やり聞き出したところによると、貴山のＩＱは一四〇を超えるらしい。自己申告だが、偽りではないと断言できる。それだけ貴山は優秀だった。貴山ならどんな世界でも、身を立てていける。新宿区にある雑居ビルの一室で、三十路《みそじ》の独身女に仕える必要はない。にもかかわらず涼子と行動を共にしているのは、本人が言うように、居心地《いごこち》がいいからだろう。

涼子が代表を務める上水流エージェンシーは、定款上《ていかんじょう》は興信所の扱いになっている。顧客の大半は富裕層だ。表には出せない相談事を解決し、一流弁護士並みの依頼料を受け取っている。実際、涼子の年収は、貴山への安くない給料を払っても、弁護士時代を凌《しの》いでいる。その代わり、依頼を完遂《かんすい》するためには法律に触れることも厭わないのが、涼子の遣り方だった。

　今回の依頼は、一癖も二癖もある人物からだ。貴山が喜んで飛びつく類《たぐい》のものでないことは、想像がつく。

　貴山の協力なしに、依頼解決は望めない。それほど涼子は貴山の能力を認めていた。

「貴山」

「なんでしょう」

　呼ばれた貴山は、作業中のパソコン画面を見つめたまま返事をする。

「今年もまもなく終わるわね」

「ええ」

　にべもない返答だ。話に乗ってこない。

「貴山」

　涼子は再び名前を呼んだ。

「なんでしょう」

先ほどと同じように、貴山が返す。

「ボーナス、欲しくない？」

もし、今回飛び込んできた依頼の報酬が大きく、上手く事が解決したら、手当を弾む。暗に、そういうニュアンスを漂わせた。

しかし貴山は、まだ乗ってこなかった。労力以上の報酬は望みません、と冷たい目が言っている。よほど、今回の依頼は気が進まないらしい。

涼子は腕を組んで椅子の背にもたれると、また貴山の名を呼んだ。

「貴山」

さすがにしつこいと思ったらしく、今度はパソコンの画面から顔をあげ涼子を睨んだ。

「なんでしょう」

声に険がこもっている。

涼子は目だけで貴山を見た。

「依頼主に、なんて挨拶《あいさつ》したらいいかしら。やっぱり、おひけえなすって——かな」

貴山は虚を突かれたように目を瞬《また》かせると、苦笑を堪えるように口元に手をあてた。やがて両の手のひらを上に向けると、降参の意を表すように肩を竦める。

「その続きは、手前生国《てまえしょうごく》と発しまするは——でしょうね」

やっと貴山の機嫌が直った。してやったりと、頬を緩める。

貴山は照れたように、涼子から視線を乱暴に外すと、パソコンに目を戻した。画面を目で追いながら読み上げる。

「関東幸甚一家——山梨に本拠を置く暴力団組織。現総長は五代目で、名前は日野照治。構成員はおよそ三百名。日野は指定暴力団関口組の三代目から盃をもらっている直参で、執行部に在籍中。日野は自分の組である関東幸甚一家の総長でもあるが、本家、関口組の理事長補佐に就いています。結構、大物ですね」

貴山はインターネットで、関東幸甚一家を調べていたらしい。さすが、仕事が早い。

「その大親分がうちみたいな何でも屋に、なんの相談でくるのかしら」

貴山は開いていたノートパソコンを、ぱたんと閉じた。

「情報がないうちからあれこれ考えるのは、労力の無駄です」

貴山がコートを羽織って、出かけようとする。

「どこに行くの？」

「飲み物を仕入れてきます。今回、依頼人が何人で来るのかわかりません。茶の買い置きが少ないので、買い足しておきます」

涼子は貴山をからかった。

「まさか、三百人分のお茶を用意するわけじゃないでしょうね」

「客がひとりでも何百人でも、失礼がないようにお迎えするのが私の仕事です」

冗談とも本気ともとれる口調でそう言うと、貴山は事務所をあとにした。

二

「それで、ご依頼はどのような内容ですか」

涼子は日野に訊ねた。

貴山が淹れた茶で口を湿《しめ》らせると、日野は話の端緒《たんしょ》を開いた。

「わしは子供の頃から将棋が好きでしてな。暇さえあれば、大人相手に指していました。わしがなぜ将棋好きになったのかは、ここでは省きましょう。いや、なにも隠すようなことではありませんが、聞いて面白いものじゃないし、今回の依頼にわしが将棋を好きになった理由は、関係ありませんのでな」

日野の将棋の腕前は歳を重ねるごとに上達し、若い頃は真剣師を真似て、賭け将棋で暮らしていた時期もあるという。

「実力はアマチュア四段クラスです。本当ですよ。こんなところで見栄を張ってもしようがない」

日野の隣に座っている米澤が、我がことのように自慢する。

「腕は関東やくざのなかでも、随一です」

「よけいなこと言うんじゃねえ」

日野が米澤を窘《たしな》める。抑えた口調が、逆に凄味を感じさせる。米澤はすぐさま頭を下げた。

「出過ぎたことを言いました」

米澤は頭をあげると、時代がかった長い揉み上げを、無造作に撫でた。気持ちを落ち着かせるときの癖らしい。

ふたりのやり取りを見て、涼子は改めて、やくざの上下関係の厳しさを感じた。

米澤は両腿の上に手を置いていたが、左右ともに小指がなかった。以前なにかの本に書かれていたことを思い出す。断指を自慢するやつがいるが、それは違う。指を落とすということは、なにか下手を仕出かしたということだ。恥にこそなれ、決して自慢にはならない。その記述を信じるならば、米澤は大きな恥をふたつ背負っているということだ。しかし、逆に考えれば、それほど大きなへまをしながらも、極道の世界で生き残ってきたことになる。危ない橋を命がけで渡ってきた男ですら、総長にはひれ伏すのだ。

日野は軽く舌打ちをくれると、涼子に目を戻した。

「まあ、こいつが言ってることも、まんざら嘘でもないんですよ」

以前は、執行部のなかで将棋好きの幹部が勝負を申し込んできたこともあったが、実力が違いすぎて、昨今では日野と勝負をする者はいなくなってしまったらしい。

涼子は皮肉を内に秘めて訊ねた。

「その筋の方は、みなさんそんなにプライドがお高いんですか」

勝負に勝ち負けはつきものだ。負けが込んだとしても、逆に持ち前の負けん気を発揮して、勝つまで勝負を挑んでくる男はいないのだろうか。

日野は口角を引き上げると、釣果《ちょうか》を報告するように自慢げな顔をした。

「まあ、わしらが指している将棋は、遊びとは違いますからな。負けが込んだときの精神的な屈辱もあるでしょうが、それよりもっときついことがある」

日野は右手の親指と人差し指で輪を作った。

「銭です。負けが込めば懐具合に響いてきます」

賭け将棋をしているということか。

日野は得意げに話を続ける。

「銭が絡んだ勝負というのは白熱しますわ。勝ったときの気分の良さと言ったら、いい女を手に入れたときと同じです。相手を負かした優越感と、懐が潤う充実感は、得も言われません。ところが――」

それまで気分よく話していた日野の表情が一転、険しくなる。

「二年前に、ひとりの男が勝負を申し込んできましてねえ。歳はそのとき四十歳。私より二十歳も下の野郎です」

「勝負を挑んでくる人間が出てきたことは、日野さんにとって喜ばしいことではないんですか」

日野はおもむろに着物の袂《たもと》から煙草《たばこ》を取りだすと、口に咥《くわ》えた。日野の後ろにいる若い者が、すばやく横からライターの火を差し出す。日野は煙草の煙を天井に向かって盛大に吐き出すと、前屈みの姿勢を取り涼子を見据えた。

「そいつの名前は、財前満《ざいぜんみつる》といいます」

それまで黙って話を聞いていた貴山が、はじめて口を開いた。

「横山一家の総長、ですか」

日野が感心したような目で貴山を見る。

「よくご存じですな」

貴山は、日野たちが来る前に、関口組の組織図をネットで調べていた。

横山一家は本拠地を長野に置く暴力団組織で、財前は三代目になる。まだ四十二歳と若いが、大学出のインテリで頭が切れるとの噂らしい。横山一家も関東幸甚一家と同様、関口組の二次団体である。このふたり、年齢こそ離れているが、稼業上の先輩・後輩を措《お》くと、組織内における序列は同格と言っていい。

「その財前は、二年前に本家の執行部に就任しましたが、話してみるとこの男が将棋好きであることがわかりましてね。話が弾んで、一局指そうということになった」

勝敗は、この夏までの一年半で、十局指して五勝五敗のまったくの五分。実力は拮《きっ》抗《こう》していたという。

——拮抗していた。

過去形で話すということは、このあたりが依頼の鍵か。

涼子はそう、頭のメモに書き留めた。

日野は煙草の灰を、ガラス製の灰皿に落とすと、涼子に訊ねた。

「上水流さんは、将棋は詳しいですかな」

涼子は正直に首を横に振った。動かし方くらいはわかるが、守りや攻めなどの型はまったくわからない。

日野の顔がわずかに曇る。顔から落胆の色を察した涼子は、でも、と言いながら貴山の肩を叩いた。

「ご安心ください。うちの貴山が将棋には詳しいです」

勝負師の性《さが》なのだろう。貴山を見る日野の目に、値踏みするような色が浮かぶ。

「実力がいかほどか、お訊ねしてもよろしいですかな」

日野の質問に、貴山は淡々と答える。

「アマ五段です」

「ほお」

日野が感心したように嘆息を漏らす。

涼子は横から補足した。

「貴山は東大将棋部で主将を務めていた実績があります」

日野は口をぽかんと開けた。目を丸くしている。

こんなところに東大卒の、それも将棋部主将がいるとは、思ってもみなかったのだろう。

それは——言いながら日野は身体の向きを、貴山に向けた。

「都合がいい。あなたならわかるでしょう。覚えたての時期や、なんでも吸収する少年期と違って、わしくらい長く将棋を指していると、いきなり実力が上がるなんてことはない。上達するのもその逆も、ゆったりとしたもんです」

ところが、この夏を境に、財前の腕が見違えるほど上達したという。均衡《きんこう》を保っていた勝敗はたちまち崩れ、三連敗を喫したという。

日野はあからさまに悔しさを顔ににじませると、吸っていた煙草を乱暴に灰皿で揉み消した。

「やつの指し方は、まるでプロ級だ。いきなり、こんなに力の差がつくはずがない」

「相手が不正を行っているとでも」

貴山が訊ねる。

日野は貴山を見据えながら、深く肯いた。

「それ以外、見当がつかん」

「不正の手口で、思い当たることがありますか」

今度は首を振る。

「対局はいつも同じ場所で行っている。名前は神《かみ》の湯《ゆ》ホテル、部屋は竜昇《りゅうしょう》の間だ」

ホテルの名前は、涼子も知っていた。山形県の天童《てんどう》市にあるホテルで、たしかプロのタイトル戦が行われる場所だ。

「立会人は、三年前に引退した元関口組相談役の田所道隆《たどころみちたか》親分だ。田所親分が、不正がないよう万全を尽くしてくださっている」

涼子は口を挟んだ。

「その、田所さんが、不正に関わっている可能性はないんですか。彼がかなりの腕前の有段者で、勝ち手をなにかしらの方法で、対戦相手に伝えているとか」

日野は田所を心から信頼しているらしい。親を疑われたような不快な表情で、涼子を睨んだ。

「田所の親分はあんたと同じで、駒の動かし方くらいしかご存じない。そのお方が、どうやって相手を勝たせるってんだ」

涼子は両の手のひらをかざし、日野が発する怒気を牽制《けんせい》した。

「失礼しました」

「コンピュータを使っている可能性は？」

貴山が日野に訊ねる。

最近のコンピュータ将棋の強さは、涼子も知っていた。プロ棋士とコンピュータ将棋ソフトとの対戦記事を、ネットニュースで読んだ覚えがある。記事の内容は、コンピュータ将棋ソフトの強さは年々増し、昨今ではプロのトップクラスでも勝てなくなってきているというものだった。たしかにコンピュータ将棋ソフトを、なにかしらの方法で利用していれば、アマ四段の日野を簡単に捻じ伏せられるだろう。

涼子に続く貴山の推察も、日野は即座に否定した。

「それもない」

双方の関係者が対戦会場である竜昇の間に入るときは、厳格な荷物検査とボディチェックを行っている。携帯電話やスマートフォン、タブレットなどの外部から情報を得られる類の機器はいっさい持ち込めない。手洗いに行くときも、自分の若い者同様、相手方の組員が見張り役として付き添ってくるという。

「手洗いも洗面所も、事前に機器の仕込みがないか隅々まで調べている。加えて、部屋の様子も小型のビデオカメラで録画されている。対局の様子は後日、ディスクに焼かれ、双方が保管している。対戦中の映像を何度も見直し、不審な動きがないか確認したが見当たらなかった」

涼子は、対戦する部屋には何人いるのか訊ねた。日野は、十一名だ、と答えた。

「わしと財前、立会人の田所親分。そして、互いの組の若頭、そのほか、それぞれ付きの若い者が三人ずつです」

子分は自分たちの総長の後ろに控える形で座り、互いに相手に不穏《ふおん》な動きがないか目を光らせているらしい。

「それにしても、付添いが四人もいるなんて、プロ顔負けの緊張感ですね」

日野は、得意げににやりと笑った。

「動く銭だけなら、ちょっとしたタイトル戦より上ですからな」

「一局の賭け金はどれくらいなんですか」

涼子は前のめりに訊ねた。

日野は涼子と貴山を交互に見やりながら答えた。

「三千万」

「三千万！」

涼子は思わず声をあげた。

日野は片腿に肘をつくと、涼子の方へぐいと身を乗り出した。

「それはいままでの賭け金です。でも、次回は違う。もっとでかい」

「いかほど」

涎《よだれ》が零《こぼ》れないよう口元を押さえて訊ねる。

日野はひとつ息を吐き、芝居がかって答えた。

「賭け金は、一億――」

口をあんぐり開ける。開いたその口が、塞《ふさ》がらなかった。驚きを通り越し呆れる。麻雀《マージャン》や花札と同じように、将棋に金を賭けている者がいることは知っている。しかし、賭け金の桁《けた》が違う。腹が据わっていて多少のことでは動じない貴山も、信じられないというような表情で、首を横に振っている。

隣にいる米澤が、横から口を挟んだ。

「総長は、次で終わりにするつもりです」

「最後の大勝負、ということですか」

確認とも質問ともとれる口調で、貴山が訊ねる。

日野は肯いた。

「勝っても負けても、次が最後です。そこで依頼だが――」

部屋の空気が、ぴんと張りつめる。

「次の大一番、わしに勝たせろ。どんな手を使ってもかまわねえ。成功報酬は賭け金の一割。ただし、わしが負けたときは一銭も払わんから、そのつもりでいな」

口調がいきなり、べらんめえに変わった。さすがやくざだ。

涼子は変なところに感心しながら、目の端《はし》で貴山を見た。

日野にも伝えたが、自分は将棋に関してはずぶの素人だ。今回の依頼は、貴山が受けるかどうかにかかっている。

決断を求める涼子の視線に気づいたのだろう。貴山は少し考えるように遠くに目を遣り、それから焦点を日野に合わせて言った。

「ふたつ、聞いてもいいですか」

「いくつでも」

胸襟《きょうきん》を開くように、日野が両手を広げる。

「次の対戦はいつですか」

「いまからひと月後の十二月三日だ。場所はいつもと同じ、神の湯ホテルだ」

貴山は、ジャケットの内ポケットから手帳を取り出すと、スケジュールを確認した。小さく肯いたところを見ると、予定は入っていないのだろう。

手帳を懐に戻すと、貴山はふたつ目の質問をした。

「いままでの棋譜《きふ》は残してありますか」

棋譜とは、囲碁や将棋などの対局の手順を記した記録だ。それくらいは涼子にもわかる。

もちろん、と日野は胸を張った。

「目端の利く若いもんに、とらせてある」

「その棋譜を、早急にいただけませんか。コピーでかまいません。FAXで送っていただいても結構です」

貴山は、依頼を受けると決めたのだ。

日野は表情を引き締めると、後ろに立っている若い者に命じた。

「おい、すぐに事務所へ電話して、詰めてるやつに棋譜を送るよう言え」

命じられた若者は、緊張した面持ちで応ずる。涼子に事務所のFAX番号を訊ね、急いでドアから出ていった。廊下で携帯から電話をかけるつもりなのだろう。

日野はソファから立ちあがると、着物の合わせを整えた。

「じゃあ、とりあえず今日は引き上げますわ。なんかあったら、わしに直接電話をください」

日野が懐から蛇革《へびがわ》の名刺入れを取り出し、なかから一枚抜き出して涼子に渡す。そこには、重々しい毛筆体で、日野の名前と携帯番号が印刷されていた。

暴排条例もなにも、あったもんじゃない。苦笑いが漏れる。

「いくぞ」

日野は子分を引き連れ、意気揚々と事務所を出ていった。


来客がいなくなると、涼子は詰めていた息を大きく吐いた。

「それにしても、賭け金が一億とは豪儀だわねえ」

貴山がテーブルの上にある湯呑を片付けながら同意する。

「プロのタイトル戦の最高賞金でも、五千万弱ですからね。破格です」

「きょう日のやくざって、そんなに羽振りがいいもんなの」

ソファの上でくつろぎながら訊ねた。貴山はテーブルの上を、ダスターで拭きながら答える。

「日野は、日本で三本の指に入る指定暴力団関口組の直参で、理事長補佐を務める大幹部ですからね。自分のところの組員も三百名以上いるし、上納金もそれなりに入ってくるはずです。調べたところいまどきの暴力団にしては珍しく、資金源も豊富みたいですし、金には困ってないでしょう」

涼子は、銀行の預金通帳が、ゼロで埋まる光景を想像した。

「成功報酬は賭け金一億円の一割で一千万か。経費を差し引いても、八百万は残るわね。成功すれば余裕で年が越せるわ」

湯呑を載せたトレイを手に、洗い場へ向かおうとする貴山の背に訊ねる。

「勝算はもちろん、あるわよね」

貴山は振り返らずに答えた。

「私は日野とは違います。勝ち目のない勝負はしません」

三

天童駅のホームに降り立った涼子は、寒さに震えながらコートの襟《えり》を搔《か》き合わせた。

「やっぱり東北は寒さが違うわね。芯から冷えるって、こういうことを言うのね」

ダウンコートを着ている涼子の隣で、貴山は薄手のチェスターコートのポケットに両手を突っ込んだまま、何食わぬ顔をしている。

タクシー乗り場に停車していたタクシーに乗り込み、神の湯ホテルへ向かう。

日野が涼子の事務所へ依頼に訪れてから、ひと月が過ぎた。今日が、日野と財前の最後の対局日だった。ふたりは、昨日からホテル入りしている。もちろん子分も一緒だ。涼子と貴山は、万が一にも財前たちと顔を合わせないよう、日をずらして天童市に入った。

ホテルに着くと、貴山が出迎えたボーイに伝える。

「昨日から連泊の予定だった森です」

貴山は予約を入れている偽名を名乗った。

ホテルには、昨日と今日の宿泊予約を入れていた。当初から、昨日は泊まらない予定だったが、対戦当日の朝の十時に部屋に入ることを考えた場合、連泊の予約を入れて部屋を確保しなければいけなかった。ホテルには、昨日、急な予定で宿泊ができなくなった、と連絡を入れた。予約どおり、二泊分の宿泊料金は支払うので、二日目の朝早くに部屋に入れてほしい、と頼んでおいた。

ふたりは、仲居に案内されて八階に向かった。

部屋に通され、館内の説明を終えた仲居が退室すると、涼子と貴山は急いで準備に取り掛かった。

東京から運んできたふたつのトランクから、無線機器と小型の液晶モニター、ノートパソコンを取り出す。配線を繋ぎ貴山が波長を合わせると、ある和室の映像が映った。日野と財前が対局する、竜昇の間だ。

竜昇の間では、数人の若者が、盤《ばん》や駒台を磨いたり、座布団を敷いたりしている。関東幸甚一家と横山一家の若い衆だ。不手際があっては指を落とす羽目になりかねない。みな、真剣な顔で準備に追われている。

「思っていたより、映りがいいわね」

畳に座り、モニターを睨んでいる貴山の後ろから涼子は言った。

「カメラが設置されている場所と、モニターとの距離が近いですからね」

いま、涼子たちがいる八階には、日野と財前が対局する竜昇の間がある。貴山が宿泊する階を指定したのは、竜昇の間と涼子たちがいる部屋を、なるべく近くしたかったからだ。距離が短い方が、発する電波を受信しやすい。

電波を発信しているのは、竜昇の間に設置された記録カメラだ。プロの対局が行われる部屋なので、もともと配線等の設備は整っている。カメラは自前だが、不正がないか確認するため、対局のたびに設置されていた。貴山は、日野に頼んで、あらかじめカメラの内部に、涼子たちが見ているモニターに電波を飛ばす無線を仕掛けていた。

やがて、十時四十五分になると、三人の男が部屋に入ってきた。日野と財前、立会人の田所だ。財前と田所の顔は、日野から事前に送ってもらった写真で確認済みだ。

ひと言でいうなら財前は洒落た切れ者。田所は気難しい頑固おやじといったところか。

対局者が席につき、準備が整った。

床の間を背にした上座に日野、下座に財前が座っている。ふたりの左隣には少し間合いをおいて双方の若頭が座り、総長の後ろに三人の若い衆が控える形だ。聞いていたとおりの構図だった。

貴山が無線受信機の音量をあげる。受信機から竜昇の間の音が聞こえた。部屋に仕掛けた盗聴器の感度もいい。これで、対戦の場の情報は、映像音声ともにばっちり摑《つか》める。

立会人の田所が声を張った。

「それでは、ただいまより、関東幸甚一家五代目、日野照治総長と、横山一家三代目、財前満総長の対局をはじめます。では振り駒を行います」

振り駒とは、記録係が上座の歩《ふ》を五枚盤上に振り落とし、表の「歩」が多いか、裏の「と」が多いかで先手を決める方法のことだ。涼子はそう、貴山から教わった。今日は立会人の田所が駒を振った。結果は日野の先手だった。

「幸先いいですね」

モニターを見ていた貴山がつぶやく。

「そうなの?」

横で涼子が訊ねる。

「念のため、後手番になった場合の作戦も日野さんには教えてありますが、先手の方がより確実に、相手を誘導できます」

ふうん、と涼子はよくわからないまま、声をあげた。将棋を知らない涼子は、今回の依頼の主導権を貴山に一任している。

日野が最初の一手を指す。初手7六歩、と角道を開けた。対する財前も、3四歩と角筋を通す。ここまではほぼセオリーどおりだ。

続いて三手目。日野は駒音高く、叩きつけるように7七桂《けい》と飛んだ。

財前の顔色が変わった。目を見開いて盤面を凝視する。やがて日野を睨みつけ、皮肉めいた口調で言った。

「幸甚の親分。一億かかった将棋に、鬼殺しですか。わたしも随分、安く見られたもんですね。それとも、もう勝負を諦めているってことですか」

日野は口角をあげると、不敵な笑みを浮かべた。

「舐めてるわけじゃねえよ。乾坤一擲《けんこんいってき》の大勝負にゃあ、わしは昔からこの手と決めてるんだ」

「貴山、鬼殺しってなに」

涼子が訊ねると、貴山は手短に説明した。

鬼殺しは奇襲戦法のひとつだ。大正末期、大道詰め将棋を商いにしていた野田圭甫《のだけいほ》が『可章馬《かしょうま》戦法』という本を売り出した。この本を売っていた時の売り文句が「この戦法を使えば鬼も逃げ出す、鬼も倒せる」ということから、この名がついたようだ。

「昔からこの手は『桂馬の高飛び歩のえじき』と言われていて、桂馬を早々に飛ぶのは、へぼ手と厳に戒《いまし》められているんです。しかも、一旦、自分の角の通り道を止めてしまう不利な手なんです。だから鬼殺しを指されると、相手は仰天してしまう。通常、戦術的にあり得ない手なんです」

「ええ！」

涼子は素《す》っ頓狂《とんきょう》な声をあげた。

「自分に不利な手を打つって、それってまずいじゃない」

しかし、と貴山は涼子に言い聞かせる。

「この戦法が決まったときの破壊力は凄まじく、相手が一手でも受けを間違えると、たちまち敗勢に陥ってしまう大技なんです」

鬼殺しは、むかし縁台将棋でよく指された戦法だ。しかし、この手は相手に正確に受けられると、無理筋になる。腕が未熟なものが仕掛けると、逆に大やけどすることが多い。この原始「鬼殺し」に様々な改良を施し、現在ではプロが実戦で採用するほど、進化しているという。

モニター画面では、後手の財前が四手目を指した。

「どうなの？」

涼子は一手一手、貴山に解説を求める。貴山は淡々と答えた。

「予想どおり、財前は鬼殺しを正確に受けてますね。このままだと指し切りに導かれて、先手は敗れてしまう」

涼子は慌てた。

「日野が負けるって……、ちょっと貴山。この依頼、本当に勝算あるんでしょうね」

一千万円もの報酬など、そうそうない。この依頼は、なんとしてでも成功させたい。それは貴山も重々、承知しているはずだ。

――なのに。

涼子は心のなかで、地団太《じだんだ》を踏んだ。

貴山は背を丸めて見つめていたモニターから顔をあげると、後ろの涼子を肩越しに振り返りにやりと笑った。

「大丈夫です。すでに罠《わな》は仕掛けてありますから」

日野が涼子の事務所を出ていってから間もなく、日野と財前の対局の棋譜が、FAXで送られてきた。その日から、貴山は時間があれば棋譜とパソコンの画面に向かっていた。

寝食を忘れ、バナナを齧《かじ》りながらほぼ一日中パソコンにへばりつく貴山の姿は、鬼気迫るものがあった。なにか話しかけても、気が散る、との理由でろくに説明をしなかった。対局の録画映像を何度も確認し、大量に仕入れてきたコンピュータ将棋のソフトも、取っ換え引っ換え試していた。おそらく、貴山はこの間、一日二時間も寝ていないはずだ。

棋譜が届いて二十日後、貴山はぐったりとした様子で椅子にもたれ、涼子に向かってぽつりとつぶやいた。

「ようやく、わかりました。財前がどんな手を使って、不正をしているのか」

雑誌に目を落としていた涼子は、驚いて椅子から立ちあがり、中腰のまま語気を強めて訊いた。

「どんな方法なの！」

貴山は静かに言った。

「コンピュータ将棋ソフトです」

日野と財前のいままでの棋譜を調べて、確信を得た。コンピュータの指し手を、どのような方法で財前に伝えているのかはまだわからないが、財前は間違いなくソフトを使っているという。

「棋譜を見ただけで、コンピュータの手だってわかるものなの？」

涼子は確認のため訊ねた。貴山は、当然だ、とでもいうように、上から目線で涼子を見た。

「指し手には指している人間の個性が出るんです。得意手も違うし、守りや攻め方も人それぞれです。それを棋風と言うんですが、夏以降に日野が負けた棋譜を解析した結果、コンピュータ独特の指し方が如実に表れていました」

貴山は手にしていた棋譜を手の甲で、ぱん、と叩くと机の上に放り投げた。

「コンピュータには美的感覚がない。筋が悪い俗手を平気で指す。しかし、それがときに、その局面での最善手だったりするから、将棋は奥が深いんです」

将棋を美的感覚で語る貴山が、涼子には理解できない。だが、貴山が言うと、さもありなん、と思えるから不思議だ。

日野と財前の対局が進む。

竜昇の間で、口を開くものは誰もいない。音声が途絶えているかのように静まり返っている。聞こえてくるのは、日野と財前が指す、将棋の駒音だけだ。モニター越しでも、部屋のなかの緊迫した空気が伝わってくる。

対局が進むにつれ、貴山の表情が険しくなった。

はじまった当初は、一手一手の解説を求めていた涼子だったが、見慣れない貴山の緊張した面持ちに、訊ねることが憚られ、いまではわけがわからないまま、モニターをひたすら見つめていた。

貴山のしかめっ面とモニターに映し出されている日野の表情から、状況はこちらにとって芳しくないことだけはわかる。対局がはじまったときに貴山は、すでに罠は仕掛けてある、と言ったが、肝心の獲物が罠に掛かる様子はない、といったところなのだろうか。

——もしかしたら、今回の依頼は駄目かもしれない。

弱気の虫が頭をもたげる。

財前が三十六手目を指した。間髪《かんはつ》を入れず、日野が駒を打ち付ける。貴山の表情が一変した。目は光を取り戻し、頬は心なしか紅潮している。

財前は盤面を見つめたまま、ぴくりとも動かない。ときおり、前方に探るような視線を飛ばすが、盤上に手が伸びない。持ち時間が刻々と過ぎていく。

涼子は胸が躍った。

獲物が掛かったのだ。

「貴山どうしたの。いったいなにが起きたの」

涼子はモニターと貴山の顔を交互に見ながら訊ねる。

貴山は歓喜と安堵が入り混じった表情で答えた。

「先手５三角、成らず、です。この局面を、待っていたんです」

意味がわからない。

自分の駒が敵陣の三段目以内に入れば、駒は裏返り「成る」ことができる。歩はと金に、角は馬に、飛車は竜にと出世し、格段に能力をアップできるのだ。したがって、三段目以内に入った駒を「成らない」という選択肢は、まずない。

しかし、ごく稀に、成らないことによって打ち歩詰めを回避し、相手の玉を詰めることが出来たりする。プロの将棋でも、そんな事態は万に一度程度だ。だから、効率を追求するコンピュータは、「成らず」に対応するプログラムを、最初から用意していないことがあるという。

貴山は隣にいる涼子を見て、にやりと笑った。

「バグ——コンピュータプログラムに含まれる不具合です」

貴山は棋譜を調べて、コンピュータ将棋ソフトを利用している確信を得てから、さまざまなソフトで日野と財前の対戦を再現し、財前が使っているソフトを特定した。試行錯誤の末にたどり着いたソフトは、「セイレンII」。そのソフトは「成らず」の対応が出来ず、成らずの手を指されると、固まって思考が停止してしまう。あげく最後は、最悪の悪手を指すことを、貴山は発見した。

貴山は、セイレンII相手に、どのような手法で日野が「成らず」の手を打てる局面に導くか、寝る間も惜しんで研究した。そして、選んだ答えが「鬼殺し」だった。

セイレンIIにバグを起こさせる方法を発見した貴山は、指し手を日野に伝授した。

日野は貴山の教え通り対局を進め、いまやっと目的の局面にたどり着いたのだ。

涼子はモニター画面に目を戻した。

この将棋の場合、双方の持ち時間は一時間だ。それを使い切れば、一手一分以内に指さなければならない決まりになっている。チェスクロックを押すのはそれぞれの若い者の役目だ。秒読みは立会人の田所が行う。

財前は動かない。モノクロの画面からも、顔が蒼《あお》ざめていることが、手に取るようにわかる。

やがて、財前の持ち時間が切れた。持ち時間を使いきった財前は、今後、一手一分以内に指さなければ負けとなる。

「十秒……二十秒……、……五十秒、一、二、三、四」

秒読みの声に急かされ、財前が駒台に手を伸ばす。

指した手は、５二歩。角頭への歩打ちだった。馬に成っていれば当然、取られて意味がない。しかし、前に真っ直ぐ進めない角の頭は最大の弱点だ。一見、当然とも思われる一手だが、実はこの手は、「一手ばったり」に近いものだった。一手ばったりとは、その一手を指してばったりと倒れてしまうことから、将棋界では致命的な悪手のことをそう呼んでいる、と貴山が説明した。

「貴山、どうなの。大丈夫なの？」

涼子は昂奮《こうふん》を抑えきれず聞いた。すでに貴山はいつもの冷静さを取り戻していた。

淡々とした声で答える。

「日野さんには、この手の対応を事前にみっちり教えてあります。ここから先は、よほどのポカでもしない限り、段持ちが負けることはありません。赤子の手を捻《ひね》るようなものです」

それでも涼子は不安になった。

「万が一、そのポカをしたら負けちゃうじゃないの」

貴山は口角をあげ、涼子を見た。

「以前にも言いましたが、私は勝算がない依頼は引き受けません。つねに、万が一を考えて動いてます」

貴山は、万が一にも日野が誤った手を打たないように、この対局がはじまってから、ずっと指し手を教え続けていたという。

涼子は驚いた。当然のことだが、別室にいる日野と貴山が、連絡をとる術《すべ》はない。どんな方法で指し手を教えていたのか。訊ねると貴山は、時計です、と答えた。

竜昇の間には、将棋の駒を象《かたど》った壁時計がある。時刻を示すインデックスは、王将、飛車、角など、駒が使われている。その時計に、細工を施してあるというのだ。

「やくざの貫目《かんめ》では日野が上です。当然、日野は床の間を背にした上座に座る。壁時計は対戦する財前の後ろ、つまり、日野から見て正面に掛かっています。日野が頻繁《ひんぱん》に目をやっても、怪しまれる心配がない壁時計に、細工しました」

貴山の説明によると、竜昇の間の時計とまったく同じデザインの時計を取り寄せ、あらかじめ細工をしたらしい。それを日野に渡し、事前にすり替えるよう指示しておいたという。

「その時計に、どんな細工をしたの」

涼子に訊かれた貴山は、手を顔に持っていくと、眼鏡のフレームを持ち上げる仕草をした。

「眼鏡？」

涼子が訊ねる。貴山は肯いてモニター画面に目を戻した。

「いま、日野さんがかけている眼鏡は、私が指示して造らせた特注品です。眼鏡のレンズには、特殊な透明塗料が使われていて、ある光を読み取ることができます。その光は肉眼では見ることができないし、その光を読み取る加工がされたレンズやガラスなどを通してしか、確認できません」

「日野さんにしか見えない光を、壁時計に埋め込んだのね」

涼子は感心しながらつぶやいた。

「私が指し手をコンピュータに入力すると、電波が壁時計に飛び、文字盤の数字を光らせます。たとえば7六歩なら、数字の7が青く、6が赤く光る。7七や3三などぞろ目の場合は、7や3が点滅する。また、指示した地点に何通りもの指し手がある場合は、どの駒を動かせばいいのかわかるように、インデックスの駒が光るようにしてあります」

説明をしていた貴山が、パソコンのキーボードを叩いた。モニター画面のなかの日野が、ちらりと壁時計を見やる。壁時計から盤に目を戻すと、ひとつ肯き、迷いなく駒を動かした。

それから六手後、財前はがっくりと肩を落とし投了した。

張りつめていた緊張の糸が、一気に緩む。

涼子は天井を仰ぐと、大きく息を吐き出した。

「貴山、私も今回の依頼に関しては、あなたに投了だわ」

貴山は満足げな顔で、ノートパソコンを閉じた。

四

神の湯ホテルの特別室で、日野はグラスに注がれた冷えたビールを一気に飲み干した。

うう、と相好《そうごう》を崩して呻《うめ》く。勝利のあとの酒は、堪えられないのだろう。

対局が終わったあと、日野はあらかじめ予約を入れていた特別室に、涼子と貴山を呼んだ。祝杯をあげ、依頼の報酬を渡す手筈《てはず》になっていた。

部屋には、涼子たちと日野、若頭の米澤、そしてボディガード役の若い者が四人の、総計八名の人間がいた。手に入れた一億円は、頑丈なアタッシェケースにしまわれ、部屋の隅に置かれている。その前には、若い者がひとり警備についていた。膳がついているのは、日野と米澤、涼子、貴山の四人だけだ。

日野は上機嫌で、涼子にビールを勧めた。

「見事だった。やっぱりあんたは噂どおりの凄腕だ」

涼子は目の端で、隣の貴山を見やった。

「うちには優秀なスタッフがいますから」

日野が、貴山にもビールを勧めながら訊ねる。

「それにしても、財前がコンピュータソフトの手を使っていたとはな。いったい、どうやってコンピュータの指し手を受け取っていたんだ。今回わしらがやったように、部屋のなにかに細工《さいく》を仕掛けていたのか」

貴山は日野の酌《しゃく》を受けながら、首を横に振った。

「いえ、物理的な細工ではありません」

「うん？　というとなんだ」

貴山はビールをひと口飲むと、グラスを膳に置いて日野を見た。

「古典的な方法、通しですよ。ある人間が、身体の一部を触る動作で、財前にブロックサインを送っていたんです」

日野が、そんな馬鹿な、という表情をする。

「そんなわけがない。あいつはいちいち、自分の手下を見るために後ろを振り返ったりしなかったぞ」

「ええ、たしかに」

貴山は日野の意見を認める。

日野は、困惑した様子で言葉を続ける。

「第一、通し役の人間は、コンピュータとどうやって通信するんだ。部屋には携帯もスマホも持ち込めないんだぞ」

涼子が日野の言葉を引き継ぐ。

「お互い、ボディチェックは徹底していましたからね」

「となると、可能性はただひとつ――」

貴山がそこまで言うと、日野ははっとした顔をした。笑っていた顔が見る間に険しくなり、鬼の形相《ぎようそう》に変わる。

子分たちは、親分の急激な変貌にどう対応していいかわからず、怯えながら戸惑っている。

日野はがっくりと首を折ると、怒気を込めた声で子分たちに叫んだ。

「てめえら、全員、この部屋から出てろ！」

四人の若い者は、震えあがって部屋から飛び出した。

米澤だけが動かない。総長に万が一のことがあったら大変だ。自分だけは傍を離れないと言い張る。

その米澤さえも、日野は怒鳴りつけた。

「いいからてめえも出ろ！　わしがいいと言うまで部屋に入ってくるんじゃねえ！」

若頭の米澤も、親の命令に逆らうことはできず、しぶしぶ部屋をあとにした。

三人だけになると、日野は自分を落ち着かせるように煙草に火をつけ、涼子と貴山に訊ねた。

「で、いったい誰が、わしを裏切ってやがったんだ」

貴山は傍に置いていたノートパソコンを開いた。

「これは、今日の対局の様子を録画した映像です。これを見て、なにか気づきませんか」

手渡されたパソコンの画面を凝視していた日野の顔が、次第に凶暴さを増していく。やがて乱暴にパソコンを閉じると、ぼそりと言った。

「まさか、米澤の野郎が裏切り者だったとはな」

対局が終わったあと、涼子はパソコンで勝負の様子を確認した。映像には、一手進むごとに身体のあちこちをさり気なく触る、米澤の姿がはっきりと映っていた。

財前がコンピュータ将棋ソフトを利用していることを確信した貴山は、コンピュータが指す手をどのような方法で財前が受け取っているかを考えた。いままでの対戦の様子を映した映像を、繰り返し確認した。

ＩＱ一四〇の頭脳を駆使して、考えられる限りの方法をノートに書き出し、一番理に適う推測にたどり着いた。関東幸甚一家の若頭、米澤がスパイであるというものだ。

米澤は過去の対戦すべてに同席しているが、日野の負けが続いているここ三回の対戦において、不審な行動をとっていた。努めて自然な風を装っているが、米澤は対局中、身体のあちこちを触っていたのだ。

おそらく、耳に隠したイヤホンを通して、指し手の連絡を受けていたのだろう。盤上の映像をどこかで受信し、コンピュータに入力。その差し手を米澤に伝える——揉み上げが長く髪で耳が隠れている米澤が、無線タイプのイヤホンをしていても周囲は気づかない。

米澤の動きと棋譜を突き合わせたところ、米澤が自分と向かい合って座っている財前に、サインを送っていることに気が付いた。米澤が自分の眉に触れると歩、鼻なら角、口なら飛車といった感じで、米澤が顔のある部位に触れると、財前がその部位が示す駒を動かすという具合だ。

「だが、駒を置くマスはどのように伝えるんだ」

日野の疑問に、貴山は自分の両手をかざしてみせた。

「手です。両手を使って、数字のマス目を知らせていました」

日野が、あり得ない、というように首を振る。

「あんたたちも見ただろう。やつは両手の小指を落としている。いいか、将棋盤のマスは、縦九、横九の全部で八十一だ。八本の指で、どうやって自分の指より多いマス目を教えるんだよ」

「これです」

貴山は自分の手を、握ったあと、指を一本立てたり、二本立てたりする。

「なんだ、そりゃ」

日野が怪訝な顔をする。

「やり方を考えれば、指が八本でもマス目を伝えることは可能ですよ」

貴山が説明する。

「腿の上に両の手を置きます。右手は横マス、左手は縦マスです。4三歩なら右指を四本立てて、左指を三本立てる。そして眉に触れる、という感じです」

それでも日野は納得しない。貴山を問い詰める。

「右手と左手の役割と、駒の指示はいいとして、駒を置くマスが四以上だったら、どうやって教えるんだ」

貴山は落ち着いた声で答える。

「拳を握るんです」

「握る？」

貴山が肯く。

「拳を握ると、五という数字を意味します。握ったあとに指を二本立てると七、三本立てれば八、という具合です。これなら八十一マス、すべて表せます」

それに、と貴山は決定打を突きつけた。

「米澤さんの身辺を調べた結果、財前と裏で繋がっている事実がわかりました。あなたを引退に追い込み、自分が総長の座に就く条件で、財前の話に乗ったようです。これは確かな筋からの情報です」

信頼していた若頭に裏切られたことが、よほどショックなのだろう。

日野はがっくりと肩を落としたあと、怒りに肩を震わせている。

貴山は項垂れている日野に、冷ややかに言った。

「日野さん、盤上の本当の敵は、あなたの身内ですよ」

天童駅に向かうタクシーのなかで、涼子は報酬の一千万円が入ったアタッシェケースを抱きしめながら、貴山に文句をぶつけた。

「それにしても、いくら自分が総長になりたいからって、自分の親を裏切るってどうなのよ。義理も恩もあったもんじゃないわね」

貴山は、窓の外を流れる夜の街を眺めながらつぶやく。

「仮に上を目指すにしても、戦術的にあり得ない選択ですね」

涼子は、ううん、と唸ると貴山に訊ねた。

「裏切り者の米澤はどうなるのかしら」

「指の一本、二本じゃ済まないでしょうね。よくて破門、絶縁。下手すると本人が詰んじゃいますよ」

貴山は血生臭い答えを、淡々と述べる。

「それ、命がなくなる、ってこと？」

涼子は横を向いている貴山の顔を覗き込んだ。貴山が涼子に顔を向ける。

「まあ、そういうことですね」

涼子は、ぶるっと身体を震わせた。

「やくざってやっぱり、最強のブラック企業ね」

貴山はしばらく涼子を見ていたが、視線を窓の外へ戻すと、大きな溜め息をついた。

「それはどうでしょう。この一ヵ月、休みなく朝から晩まで働かせた探偵事務所もありますから」

涼子は聞こえない振りをした。

駅が近づいてくる。

「まあ、無事に年を越せるんだから、それでよしとしない？」

涼子はそう言いながら、アタッシェケースを撫でた。

心情的にあり得ない

一

読み終えた新聞をデスクの上に置くと、上水流涼子はカップを手にした。なかには熱いフレーバーティーが入っている。

口元へ運ぶと、甘い花と爽やかな果実がミックスされたような芳香が鼻先に広がった。マルコ・ポーロ。涼子が好きな銘柄だ。満足しながら口中に含み、香りを楽しむ。

「やっぱり朝はこれに限るわ。貴山は淹れ方が上手ね」

涼子や事務所を訪れる客に、飲み物を用意するのは貴山の役目だった。

「茶葉がいいのです。誰が淹れても同じです」

褒められても無表情なのは、相変わらずだ。

謙虚さはときに美徳だが、貴山の場合、少々度が過ぎている。賞賛は軽く受け流し、叱責《しっせき》は重く受け止めた。マゾヒストでないかと疑ってみたこともあったが、大仰《おおぎょう》に叱り飛ばしても表情を崩したことはない。単にクールなだけだろう。

問題は、無表情すぎて、ともすれば無愛想《ぶあいそう》に見えることだ。

来客があっても、愛想笑いひとつ見せない。知り合って六年、貴山の素の笑みを見たのは、一度きりだ。それも涼子に向けたものではなく、降りしきる雨のなかで、まだ足取りも覚束《おぼつか》ない仔猫を気遣いながら道を横切る、母猫へ向けた微笑みだった。

茶の淹れ方、料理の腕、仕事の手際、どれをとっても貴山は一級品だ。なによりも素晴らしいのは、その明晰《めいせき》な頭脳だろう。

紅茶を口にしながら、定番の文句をつぶやく。

「貴山、本当は私に気があるんでしょう」

表情を変えない貴山が、この台詞だけには反応する。いつものように、わずかに右の眉をあげ、左の口角を引き下げた。

心底、嫌そうな表情だ。年上の女に言われたくないのか、途端《とたん》に不機嫌な表情を見せる。

「冗談よ」

笑いながら、朝の儀式の終了を告げる。

貴山は朝のお勤めはすんだとばかりに小さく頭を下げ、使ったティーポットを洗うため、部屋の隣にある流し場へ向かった。

事務所には、小ぶりの応接セットと観葉植物が置かれている。窓際に涼子のデスクがあり、その斜め前に位置する入り口のそばに、貴山の机があった。

片づけを済ませて、貴山が自分のデスクに座ると、待っていたように卓上の電話が鳴った。

「上水流エージェンシーです」

貴山が電話を受ける。

二言三言、相手と言葉を交わしたあと、貴山の顔色が変わった。滅多に感情を表に出さない男が嫌悪《けんお》をあらわにする。よほど好ましくない相手ということだ。

「申し訳ありませんが、ご依頼はお引き受けいたしかねます」

静かだが強い口調でそう言うと、貴山は一方的に電話を切った。

誰――？

涼子は見据《みす》えることで、貴山に問うた。

問いかける視線に気づき、貴山が答えた。

「家を飛び出した飼い猫を捜してほしいという依頼です」

上水流エージェンシーは、広告を出していない。企業用の電話帳にも、インターネットにも連絡先は載せていない。依頼はすべて、人づてだ。表沙汰にできない問題を解決してもらった前の依頼人が、自分と同じような悩みを持っている者へ、涼子を紹介する。いわば、同じ穴の貉《むじな》が、涼子のもとを訪れる。フリーで依頼が入ることはない。

貴山が嘘をついていることは、涼子にはわかっていた。貴山も涼子がわかっていると知っていて、嘘をついている。要は、言いたくないということだ。

「貴山」

涼子は椅子ごと貴山に身体を向けた。

「この仕事をはじめるときに、ひとつだけした約束を覚えている？」

机の上の書類に伸ばしかけた貴山の手が、途中で止まった。

「お互い、けっして嘘はつかないこと」

手を机に置き、貴山がわずかに肩を竦める。

部屋に沈黙が広がった。

もう一度、問い質そうとしたとき、ふたたび電話のベルが鳴った。

貴山が素早い動作で電話に手を伸ばす。が、涼子の方が一瞬、早かった。

「はい。上水流エージェンシーです」

貴山に目を向けたまま、営業用の声で応答する。

「もしもし、さきほど電話した者ですが、代表者の上水流涼子さんをお願いしたい」

受話器の向こうから聞こえた男の声に、涼子は思わず息を呑んだ。喉《のど》に痰《たん》が詰まったような声――忘れようとしても忘れられない、独特のしゃがれ声だ。貴山が嘘をついた理由がわかる。

涼子の険しい表情から、電話の相手が同じ人物と察したのだろう。貴山が諦めたように、小さく息を吐き出す。

涼子は椅子の向きをデスクの正面に戻し応えた。

「私が、上水流です」

一呼吸おいて、相手が名乗る。

「私だ、諌間《げんま》だ。覚えているか」

込み上げてくる笑いを、涼子は押し留《とど》めた。これ以上の愚問はない。

諌間慶介《けいすけ》。キル・ノートの冒頭に書き付けてある名前だ。忘れるはずがない。

髪を乱暴に掻き上げる。

「ええ、覚えていますよ」

諫間は安堵したような息を漏らすと、前置きもせず本題を切り出した。

「君に問題を、解決してもらいたい。ある人物を捜し出し、連れ戻してほしいんだ」

涼子は訊ねた。

「誰を、ですか」

聞くことで先を促した。

「電話では答えられない。どこで誰が聞いているか、わからんからな」

盗聴を心配しているらしい。

涼子は眉根を寄せた。

諫間がいまどこから電話をかけてきているのかは、わからない。自宅からかもしれないし、会社からかもしれない。もしくはそれ以外の場所からかもしれない。しかしいずれにせよ、自分が知っている諫間は、自宅はもとより自分が立ち入る場所のリスク管理は徹底していた。用心深い男が盗聴を疑うということは、よほど神経が参っているのだろう。

——面白い。

涼子はほくそえんだ。諫間がどんな厄介《やっかい》ごとに巻き込まれたのか、話だけでも聞く価値はある。

「うちの依頼料はご存じですね」

「手付けに二百万。成功報酬は一千万で、どうだ」

口笛が出そうになる。

「成功報酬はお話を伺った上で、決めさせていただくシステムになっています」

「わかった」

金に糸目はつけない、ということか。諌間らしい。

諌間が時間と場所を指定する。

「今夜八時に、グランドサンクチュアリにきてほしい。三十二階のフランス料理店に個室をとっておく。名前は岡田《おかだ》だ」

グランドサンクチュアリとは、六本木にある高層ホテルだ。諌間の会社と取引がある、イギリスの持ち株会社が運営している。偽名を使うところをみると、よほど表沙汰にしたくない問題のようだ。

ふと視線を感じ、そちらへ顔を向けた。貴山が、涼子をねめつけている。依頼を受けるな、と目で言っていた。

涼子は貴山の目を避《さ》けるように、椅子ごと窓へ向いた。雑居ビルの五階からは、建ち並ぶ高層ビルが見える。

涼子はひとつ息を吐き、歌うように言った。

「ひとつだけ聞かせてください」

「なんだ」

一番の疑問を口にする。

「あなたほどの方なら、ほかに頼める人がたくさんいるでしょう。なぜ、私なんです」

諫間と涼子の間には、浅からぬ因縁がある。逆の立場なら、涼子は死んでも諫間に助けを求めないだろう。

沈黙が続き、ようやく聞こえてきたのは、諫間らしからぬ弱音だった。

「誰も信用できん。頼めるのは君しかいない」

懇願《こんがん》ともとれる口調だった。高度成長期に海運業で成功をおさめ、一代で大企業グループを築き上げた男のものではない。苦悩を抱える、ひとりの老人の声だった。

椅子を戻し、デスクに向き直る。メモに時間と場所を書き付けた。

「わかりました。ご指定の場所へうかがいます」

受話器の向こうで、諫間が安堵の息を漏らす気配がした。

視界の隅に、腰を半分浮かせた貴山が映る。驚きと戸惑《とまど》いが混じった表情をしている。

目が、本当に引き受けるのか、と問うていた。

涼子は、諫間と貴山の両者に向けて言った。

「誤解なさいませんよう。私は指定の場所へ行くとお返事しただけです。依頼を請《う》け負《お》うと言ったわけではありません」

いやいや、と諫間は否定した。

「君は、必ず依頼を受ける」

先ほどの弱音と打って変わり自信満々に言い切る諫間が、気に入らない。

「どうしてそうお思いになるんですか」

訊ねる涼子に、諫間は余裕のある声で答えた。

「君は四徳に生きる女だからな」

涼子は眉根を寄せた。

「それを言うなら、五徳ではないのですか」

五徳とは、儒教における五常の徳、仁、義、礼、智、信のことだ。

少しの間のあと、電話の向こうから神妙な声がした。

「いまの君のなかには、信という字はないはずだ。もっとも、その字を君から奪った人間は、私だが」

涼子の頬が、無意識にぴくりと動いた。

諫間は涼子に、詫びの言葉を続ける。

「君が法曹資格を失いうちの顧問弁護士を解任されたと知ったとき、いろいろ力になりたいと思ったんだ。だが、君も知ってのとおり、私の時間はなかなか自由にならない。気が付いたらすでに君の行方はわからなくなっていた」

諫間はさも申し訳なさそうに、受話器の向こうで大きな溜め息をついた。

「なにを言っても言い訳だな。私に信頼を寄せてくれていた君を裏切った事実は変わらない」

反吐《へど》が出そうだ。よくもここまで白々しい嘘がつけるものだと、半ば感服する。言葉が出てこなかった。

涼子の沈黙の理由など斟酌《しんしゃく》せず、諫間が会話を締める。

「じゃあ、今夜、よろしく頼む」

口吻《こうふん》はすっかり、以前の諫間に戻っている。頼むというより、部下へ命じる口調だった。

返事を待たず、電話が切れる。

涼子は乱暴に、受話器を置いた。

受話器に手をかけたまま、大きく息を吐く。

塞がりかけていた古傷が、ふたたび痛みだす。

すでに、諌間に会うと応えたことを悔やんでいた。彼に会えば、傷の痛みはさらに強まり、ともすれば再び膿《うみ》をもつ。しかし、一度交わした約束を取り消すことは、戦う前に白旗を揚げることを意味する。諌間には一度負けている。二度と敗北したくない。

「なぜ、お会いになるんです。諌間がどんな男か、おわかりでしょう」

貴山の声が、思考を止めた。

顔をあげると、貴山が不満げな表情で涼子を見ていた。

涼子は努めて、意地の悪い笑みをつくった。

「そうね。心情的にあり得ない。でも、私を陥《おとしい》れた男が頭を下げにくるのよ。その姿を拝むのも一興じゃない。それに、電話でも言ったけど、まだ依頼を受けるとは決めてない」

「でも、受けないとも、おっしゃいませんでした」

言葉に詰まる。

涼子は咄嗟《とっさ》に取り繕《つくろ》った。

「そう。たしかに言わなかった。だって、相手は諫間グループの会長よ。事と次第《しだい》によっては、億の金が入るかもしれない。ほら有名な詩にもあるでしょう。〝おお、私怨《えん》果てた後の何という報償か〟って」

古いフランスの詩人が残した一文を引用した涼子に、貴山は眉を顰めた。

「それを言うなら、〝おお、思念果てた後の何という報償か〟です」

涼子は肩を竦めると、椅子から立ちあがり、壁のフックにかけていたジャケットを手に取った。

「ビジネスに私情は挟まない。すべては条件次第よ」

ジャケットを羽織り、事務所を後にする。

通りに出ると、秋の気配を含んだビル風が身体に吹き付けた。

行き先は決めていなかった。事務所を出た理由は、貴山の視線から逃れるためだった。

二

諫間が指定したホテルのフランス料理店は、一度は行ってみたい名店と評判の高い、グルメ雑誌でよく取り上げられている店だった。

広いスペースは大きなフロアといくつかの個室に分かれていた。出迎えたボーイに、岡田という名前で予約を入れてある、と伝えると、ボーイは一番奥にある個室へ涼子と貴山を案内した。

一緒にいる相手によって、景色の美しさも料理の味も変わる。なにかの本にそう書いてあった。

涼子はそれを、まざまざと実感した。

一流のシェフが腕を振るった料理が目の前にあり、壁一面の窓からは、ビーズをちりばめたような夜景が見える。にもかかわらず、食事は味気なく、会話は弾まなかった。

涼子は手にしていたカトラリーを皿に並べて置くと、膝に載せていたナプキンで口元を拭いた。

「口に合わなかったかな」

料理を全て平らげた諫間は、涼子と貴山の皿を交互に見た。

涼子の皿には、メインディッシュが半分以上残っている。貴山に至っては、前菜からなにも口にしていない。抗議の意を込めた、ハンガーストライキのつもりだろう。

涼子は肩を竦めた。

「私も彼も、ちょっと胃の調子が悪くて。お料理は素晴らしかったです。窓の外に見える景色も。ええ、本当です」

嘘ではなかった。目の前にいる男が諫間でなかったならば、最高のセッティングだっただろう。しかし、相手が諫間である以上、ミシュランの三つ星レストランの料理であろうと、景観が美しいことで知られるギリシャのサントリーニ島だろうと、なにひとつ心に響かない。こんな男と同じ部屋の空気を吸っているくらいなら、殺風景な事務所で、ひとりでコンビニのパスタを食べていた方がいい。

断ったワインの代わりに頼んだペリエを飲みながら、涼子は本題に入った。

「そろそろ、私を呼び出したご用件を伺いたいのですが」

諫間はベルを鳴らし、料理の皿をさげさせると、依頼の内容を話しはじめた。

「孫娘を捜し出してもらいたい」

「お孫さん、ですか」

諫間は肯いた。

諫間の話によると、諫間には長男と長女、子供が二人いる。長男、幸人《ゆきと》の娘——諫間の孫にあたる――が、家を出ていってしまったという。家に帰ってこなくなった娘を案じ、幸人と妻の和歌子《わかこ》は携帯に連絡をとって、なんども家に帰るよう説得した。しかし、娘は、帰らない、の一点張りで、やがて電話にも出なくなった。

「それが、いまからひと月まえのことだ。連絡がとれなくなって一週間になる」

「お孫さんの名前とお歳《とし》は」

涼子が訊ねる。

「名前は諫間久実《くみ》。綾目《あやめ》女子大学の二年生だ」

綾目女子大学は、由緒正しい家柄か、資産家など裕福な家の娘たちが通うお嬢様学校だ。

諫間は光沢のある紺色の上着の内ポケットから一枚の写真を取り出した。

「真ん中にいるのが、久実だ」

涼子は、テーブルに置かれた写真を手に取った。

写真には、五人の女の子が写っていた。彼女たちは、上質そうなワンピースを着て、手にはクラシカルなハンドバッグを持っている。ピースサインをしている者はいない。みな、品よく笑っている。

涼子は、中央にいる久実の顔を凝視した。長い黒髪の横だけをとって後ろにまとめ、わずかに首を傾げている。五人のなかで、一番顔立ちが整っていた。おそらく、写真を見た誰もが、一番に目を留めるだろう。

写真からは、家出をするような暗い影は窺えない。

涼子は写真を、隣にいる貴山へ回すと、諫間に訊ねた。

「久実さんが家を出る理由に、心当たりはありますか」

涼子の問いに、諫間の表情が曇る。怒りと困惑を含んだ声で、諫間は答えた。

「男だ」

名門の女子大に通っていたとはいえ、久実も年ごろの娘だ。一般の大学生と同じように、時折、仲がいい同級生たちと合コンに参加していた。合コンの席で、家出の原因となった男と出会ったようだった。

「息子夫婦に、子供は久実しかいない。娘が男との出会いを求めるような飲み会に出ることを、ふたりとも快く思っていなかったようだが、良くも悪くもひとり娘には甘く、大目に見ていたらしい。しかし、あるときを境に、久実の金の使い方が荒くなった。いまにして思えば、その男と出会ってからのことだ」

久実は、サークル活動の費用がかかる、とか、洋服やバッグを買う、との理由で母親に金をねだった。和歌子も、最初は娘の言葉を信じて金を渡していた。しかし、金の無心が頻繁になり、額も次第に大きくなっていったという。

涼子は頭に浮かんだ疑問をそのまま口にした。

「お孫さんはクレジット・カードを、お持ちじゃないんですか」

諫間は不愉快そうに答えた。

「久実はまだ学生だ。収入のないものに、なぜカードを持たせる必要がある」

「近頃の大学生――とりわけ裕福な家の大学生は、たいてい持っているものかと」

諫間が呆れたように息を吐く。

「年齢に限らず、世の中にはクレジット・カードを、どこからか金が湧《わ》き出てくる魔法のカードのように使う輩がいるが、いうまでもなく、カードというのは支払いの代替でしかない。自分で金を稼がない限り、金の重みはわからない。私は、子供が金銭感覚を失い、いずれ身を滅ぼしかねない経済観念を教えるつもりはない。必要ならば、用途を聞いて現金を渡す。幸人にもそういう教育をしてきた」

一代でグループ企業を築き上げただけのことはある。人間性は別として、金に関してだけはまともな考えを持っているようだ。

涼子は肯くと、無言で先を促した。

諫間が話を続ける。

不審に思った和歌子は、大学で同じサークルに入っている久実の高校時代からの友人に連絡をとり、さりげなくサークル活動について訊ねた。友人の答えは、最近、久実はサークルに顔を出していないというものだった。

久実が嘘をついていたことにショックを受けた和歌子は、久実の部屋のクローゼットを調べた。新しい洋服やバッグを買った様子はなかった。

その夜、幸人と和歌子は久実をリビングに呼び、金の用途を訊ねた。久実は、サークル活動や洋服代に使ったと嘘をつく。どんなに問い詰めても、和歌子と話をした友人が嘘をついているとか、服やバッグは知り合いにあげた、などと白を切った。埒《らち》が明かなかった。

悩んだふたりは、興信所を使って久実の身辺を調べた。興信所からの報告書には、ひとりの男の名前が記載されていた。

広瀬《ひろせ》智哉《ともや》。二十五歳。自称、不動産ブローカーだがそれは表向きだ。実際はホストあがりの、何人もの女に金を貢《みつ》がせて暮らしているヒモだった。

諫間は懐から、もう一枚の写真を取り出した。

「この男が広瀬だ」

受け取った写真には、ひとりの男が写っていた。どこかの路上にいるところを、望遠レンズで撮ったものだ。上半身だけが写っているもので、肩まである髪を後ろでひとつに束《たば》ね、耳にシルバーのピアスをつけている。北欧の血が混じっているような、彫りが深い顔立ちをしていた。写真のなかの広瀬は機嫌が悪そうな表情をしているが、笑顔で甘い言葉を囁けば、大概の女性は落ちるだろうと思わせる色気がある。

女性経験豊富な男が、両親に甘やかされて無菌室で育ったような娘を誑《たら》し込むのは、赤子の手を捻るくらい容易だっただろう。

幸人は久実に報告書を見せて、お前は騙されているんだ、もう広瀬に会うな、と諭《さと》した。しかし、久実は聞く耳を持たなかった。逆に、興信所を使って自分の身辺を調べた両親を責めた。

久実を説得しようとしても無理だ、と考えた幸人は、広瀬の方を遠ざけようとした。手切れ金を用意したのだ。

幸人は、興信所を仲介にして、広瀬を人目につかない喫茶店へ呼び出した。もう娘に近づかないことを条件に、帯封つきの現金が入った茶封筒を差し出す。広瀬は狡猾そうな笑みを浮かべて、迷いも見せず金を受け取った。

広瀬から聞いたのだろう。父親が彼氏に手切れ金を渡したと知った久実は、両親に罵《ば》声《せい》を浴びせ、家を飛び出した。

そこまで話すと、諫間はお手上げだというように、両手を広げた。

「あとは、さきほど話したとおりだ。私が長男夫婦から相談を受けたのは、三日前。そして、君を捜し出し連絡をとった」

ボーイが食後のデザートを運んでくる。

カシスソースがかかったシャーベットの皿が、目の前に置かれる。ボーイが部屋を出ていくと、涼子は訊ねた。

「広瀬という男の居場所はわからないのですか。いまお聞きした経緯から、お孫さんは広瀬と一緒にいると考えるのが妥当だと思いますが」

諫間はシャーベットを口にしながら、首を振る。

「長男が、再度、興信所を使って広瀬の行方を調べたが、手切れ金を受け取ってから、広瀬はぷっつりと姿を消した。入り浸っていた女のところに顔を出していないし、常連だった店にも現れていない。自分が興信所に調べられていたと知って、姿をくらましたんだろう」

涼子は諫間に、念のため確認した。

「ちなみに警察には」

「届けるわけないだろう」

諌間が怒ったように言い放つ。

黙って肯いた。

警察は通常の家出は捜査しない。動くのは、生命の危険がある特異行方不明者だけだ。諌間なら手を回して警察を動かすことも可能だろうが、家名が傷つく懼《おそ》れもある。外聞を憚ったのだろう。

涼子の頭に、今朝、諌間から電話を受けたときに浮かんだ疑念が再び浮かぶ。

久実の両親が、どこの興信所を使ったのかはわからない。しかし、調査報告を聞けば、その会社のレベルはわかる。調査員がプロならば、広瀬と付き合いがあった女や知人らから、広瀬の足取りは容易に辿れるはずだ。それができないということは、大方、探偵業に憧れて脱サラした人間が立ち上げた、セミプロレベルの調査会社だったのだろう。

ならば、もっと優秀な実績を持つ調査会社に依頼すればいい。顔が広い諌間ならば、どこの調査会社が信用できるか、すぐに調べがつくはずだ。費用が高くつくとしても、諌間の財力ならば、金に糸目はつけないだろう。

――なぜ、自分に、依頼をしてきたのか。

じっと見据える涼子の視線から、諌間は内心を汲み取ったのだろう。手を顔の前で組むと、逆に涼子を強い目で見返した。

「君は信用できる。私には、守らなければいけないものがある」

――なぜ、信用できる？

涼子は心のなかで苦笑した。

確かに、請け負った仕事は完璧に遣り抜くのが涼子のポリシーだ。だがそれは、依頼人に対する信義があればこそだ。諫間への信義は、涼子のなかにはまったくない。諫間は、かつて涼子を嵌めた。諫間はそれを、本人に知られていない、と思っているのだ。だから、臆面もなく目の前に現れることができた。

一方で、守らなければいけないものは、容易に想像できた。

諫間が会長を務めている諫間グループは、海運や造船事業を主として経営してきた。バブル期には投資で成功し、いまやIT産業にまで手を広げている。

諫間グループの地盤が揺らいでいる、との噂が世間に流れたのは、いまから六年半前、リーマン・ショックの最中だった。世界経済の悪化は、諫間の企業も直撃した。経営が傾くと、必ずといっていいほど、経営方針に疑問の声があがる。諫間グループもそうだった。一部の幹部連から、業績が落ち込んだ原因は事業の多様化によるものだ、という事業縮小を推進する意見が出る一方、IT事業など時代が求める分野へ進出すべきだという、事業拡大を肯定する意見もあった。役員は、事業縮小派と拡大派のふたつに割れた。

拮抗していた勢力争いの軍配は、諫間が率いる事業拡大派にあがった。反対派だった当時の社長以下、役員数名が退任させられた。新社長に就任したのは、諫間の長男の幸人、久実の父親だ。

その後、数年はインターネットのソフトウェア関連事業が波に乗り、経営は安定していた。しかし、IT事業も頭打ちになった現在、ふたたび、諫間グループの経営が危ぶまれる記事が、経済紙に載るようになった。六年半前同様、役員が事業縮小派と拡大派に分かれて、揉《も》めているという。

生き馬の目を抜くような生き方をしてきた諫間は、いまでもおそらく事業拡大派だ。

今回の孫娘の件を、表沙汰にしたくない最大の理由は、反対派に弱みを握られたくないからだろう。金や地位が絡めば、人はどこまでも汚くなる。今回の件が、反対派の耳に入れば、自分の家庭すらまとめられない者が、企業グループを束ねることができるのか、と諫間と息子を指弾し、失脚させるように仕向けるはずだ。諫間はそれを恐れている。親族のトラブルを、外に知られるわけにはいかないのだ。

「金ならいくらでも払う」

諫間は上着の内ポケットから小切手帳を取り出した。

ペンを手にして、涼子の返事を待つ。

隣では貴山が、涼子の決断に耳を澄ませていた。

涼子はしばらく考えてから、視線を諫間へ向けた。

「お孫さんを捜し出し、彼女を親元へお帰しすればいいのですね」

諫間は、そうだ、と答えた。

涼子は椅子から立ちあがった。貴山も腰をあげる。

小切手を無視され、諫間は血相を変えた。涼子が依頼を断ったと思ったらしい。

「ご安心ください」

諫間が引き止めるより先に、涼子が言葉を発する。

「依頼はお引き受けします。さしあたって手付け金は二百万。成功報酬は、問題が解決したあと、かかった経費を加えた額をご請求します」

諫間はほっとしたように、半分浮かせていた腰を椅子に戻した。小切手に二百万の金額を書き入れ、涼子に手渡す。

「では、調査の進展がありましたら、ご連絡さしあげます」

小切手を受け取った涼子がそう言うと諌間は、いや、と首を振った。

「連絡は私からする」

涼子は、諌間が盗聴を恐れていることを思い出した。

「では、連絡は事務所の固定電話、もしくは貴山の携帯へお願いします」

貴山は懐からペンを取り出し、テーブルに置かれていた紙ナプキンに、自分の携帯番号を書き記した。

まるで落書きのように書いて渡された携帯番号に、諌間は顔を曇らせた。が、貴山から紙ナプキンを受け取ると、大切そうに懐へしまった。

ホテルの地下駐車場に停めておいたサーブに戻ると、貴山は運転席で吐き捨てるように言った。

「私に言う権利はありませんが、諌間は昔から変わっていませんね。孫の安否よりも、自分の地位を優先する。保身しか頭にない男です」

涼子は貴山の意見に同意した。

「そのようね。人はそう簡単には変わらないということを、自ら実証しているような男だわ」

小ぶりのハンドバッグから、会食の席で諫間から受け取った久実と広瀬の写真を取り出す。

涼子はシートにもたれると、光にかざすように、広瀬の写真を眺めた。

「こんな目立つ男、貴山の手にかかれば、所在が割れるのはあっという間ね。問題は、こちらのお嬢さんの方――」

涼子は広瀬の写真に、久実の写真を重ねた。

「彼女、本当に広瀬を追いかけて家を出たのかしら」

貴山が運転席から、不思議そうに涼子を見る。

「かなり熱をあげているとしても、二股三股をかけられているうえに、金目当てで付き合っているとわかっている男に、家を出てまで付いていくかしら」

「良くも悪くも、一途ということではないでしょうか」

涼子は二枚の写真を押し付けるように渡すと、呆れながら笑った。

「ひょっとして、その歳でまだ、女性に夢を抱いているの？」

からかわれた貴山は、まさか、とでもいうように肩を竦めて首を振った。

涼子はフロントガラスの前方を見やった。

「仮に、世間知らずではじめて男に心を寄せたのだとしても、あまりに行動が短絡的すぎる。それに彼女は社長令嬢よ。若いけれど――いいえ、若いゆえにプライドも高いはず。そんな子が、自分は利用されていると知りながら、男に追い縋るとは思えない」

「恋愛感情以外に、彼女が広瀬を追いかけて家を出る理由がある、とお考えなんですか」

涼子は少し考えてから、貴山へ顔を向けた。

「少し、急ぐ必要がありそうね。すぐに動いてくれる?」

「承知しました」

貴山は大きく肯くと、車を発進させた。

三

世の中、ひとつだけ人より秀でている人間はごまんといる。歌が上手い。足が速い。顔立ちが整っている。それだけならば、さしてめずらしくはないが、人より優れているものをふたつ以上持っている人間となると、数はぐっと少なくなる。三つ以上持っているとなると、その数はさらに減る。

た。

貴山はそうした希少種だ。

東大卒という経歴を持っている人間はたくさんいる。ＩＱ一四〇という頭脳を持っている人間も、多くはないがいないわけではない。しかしそのうえで、さらに気働きや実務能力を兼ね備えている人間は、滅多にいない。

貴山がまとめた調査報告書を読み終えた涼子は、満足しながら書類を机の上に置いた。

「学校の試験なら、満点ね」

いつものことながら、貴山の仕事の正確さと速さには感心する。諫間から依頼を受けて二日で、貴山は広瀬の身辺を調べ上げた。

自分の机でパソコンのキーボードを叩いていた貴山は、賞賛の言葉には反応せず、淡々と調査の経緯を伝える。

「広瀬という男は、多少、頭が回るみたいです。身辺を興信所に調べられたと知ったあと、再び自分の周辺を調べられないように手を打っていました。友人知人との交流を一切絶ち、出入りしていた店にも顔を出していません。ぷっつり、姿を消しているのです」

貴山は広瀬と交流があった人物や、店の近辺で警察さながらの聞き込みをしたが、広瀬に関する情報はまったく出てこなかった。

「逆にそれが、広瀬に繫がる糸口になりました。ここまで自分の痕跡を消そうとするなんて、女とのトラブルを抱えていただけにしては、大袈裟《おおげさ》すぎる。広瀬は諌間の孫の問題以外に、人に知られたくないなにかがあるのではないか、そう考えました」

「それが、これね」

涼子は、デスクの上に置いた資料の隣にある写真を手に取った。貴山が調査報告書とともに提出したものだ。二枚の写真には、ある男が写っていた。一枚は顔がわかるくらいの近距離から撮影したもの。もう一枚は望遠で撮ったもので、男が別の若い男の手を握っている写真だった。

歳は貴山と同じくらいだろうか。ニットキャップを目深《まぶか》に被り、黒い革ジャンにシルバーのネックレスをつけている。両手の指には、ごつい指輪をはめていた。澱《よど》んだ目と、だらしない立ち姿をしている。若い頃に渋谷のセンター街でたむろしていたチーマー、そんな表現がぴったりの男だ。

男の通称はコウジ。渋谷の裏界隈では、多少は名前が知られている人物だった。広瀬とは三年ほど前から付き合いがあるという。

「よくこの男を捜し出したわね」

涼子はコウジの写真を、改めて眺めた。

「何事においても、問題の答えに行きつくには、鍵を持っていればいいのです。蛇《じゃ》の道は蛇《へび》。広瀬が裏道の人間ならば、裏に精通している人間を当たればいい。それだけのことです」

思わず苦笑する。公安警察や警察の暴力団対策係ならばエスと呼ばれるスパイ、興信所ならば問題解決に必要なキーマンを持っているかいないかが重要なのだ。貴山はさも簡単そうに言うが、調査の仕事に携わる人間の多くが、人脈を得るために苦労している。

コウジからの情報によると、広瀬はいま新宿の知人のマンションに身を隠しているとのことだった。綾目女子大に通うお嬢様も一緒だという。久実に間違いない。

「コウジをよく吐かせたわね。手荒い真似でもしたの？」

まさか、と言うように貴山は肩を竦めた。

「相手を殴ったら、自分の拳が痛いでしょう。痛ませたのは、諫間の懐です。コウジのような男は、金で友人知人を簡単に売る。情報と交換にコウジに払った金額は、調査費へ上乗せします」

「ちなみにいくら？」

「百万です。諫間には、三百万で請求しましょう。領収書は作ってあります」

貴山が、コウジの本名である有田浩次《ありたこうじ》名義の領収書を見せる。

「貴山もだんだん、仕事がわかってきたわね」

涼子は笑みを零した。

「諫間へ請求すべき慰謝料の一部です。こんなものでは、ぜんぜん足りませんが」

めずらしく貴山が、薄く口角をあげた。真剣な表情に戻り言葉を続ける。

「あなたの考えどおり、諫間の孫は、単に広瀬を慕って家を出たのではありませんでしたね」

涼子は顔を歪めた。自分が想像していた筋書きが当たっていたことを誇らしく思うと同時に、写真で見た久実のまだあどけない笑顔が脳裏に浮かぶ。

貴山はデスクに肘をつくと、顔の前で手を組み涼子を見た。

「さて、これからどうしましょう。諫間に孫の居場所を知らせますか。それとも、孫を保護して両親の元へ届けますか。それとも――」

涼子はデスクに片肘をつくと、視線を宙に浮かせた。

少し思案してから、机に置いた調査報告書を再び手にする。

「いま広瀬は、コラッロによく出入りしているのね」

コラッロは、新宿の雑居ビルの地下にあるバーだ。新規に開拓した店で、広瀬は週に二日ほど飲みに来ている、と報告書には記載されている。

涼子は貴山に顔を向けた。

「貴山、いまから私の言うとおりに動いて頂戴」

淡々とした表情で、貴山は涼子に釘を刺した。

「依頼は、彼女を親元へ帰すこと、そこまでです。それ以上は、契約違反になります」

涼子は声に出して笑った。

「法曹界から締め出された私を、契約違反だ、と窘めるの？」

ひとしきり笑うと、涼子は貴山を強い視線で見据えた。

「彼女をこのまま親元へ帰すのは簡単よ。多額の報酬も手に入る。でもね、私の件と彼女の人生は関係ない。それに、自分の地位と引き換えに、孫を更生できるんだから、諫間から感謝されることはあっても、恨まれる筋合いはないわ」

涼子の言い分に、貴山は大きく息を吐いた。

「そういうのを、詭弁《きべん》と言うんです」

「反対なの？」

貴山は涼子を見やると、感嘆の意を表すように、芝居がかった様子で両手を広げた。

「大賛成です」

四

涼子が指示を出すと、貴山は素早く部屋を出ていった。

ブラインドの隙間から、秋の柔らかな日差しが入り込んでくる。

あの日も、こんな穏やかな天気だった。

六年前、法廷で裁判官から言われた言葉が鮮明に耳に蘇る。

――被告人、上水流涼子に、懲役一年、執行猶予三年を言い渡します。

法廷内は静かなままだった。涼子の弁護人や検事、傍聴席にいる興味本位で訪れたとしか思えない傍聴マニア風の男性数人も、番狂わせがないまま終わったレース結果に、無表情のままだった。

法廷内でただひとり、被告人の涼子だけが、なぜ自分が裁かれなければならないのか理由がわからないまま、混乱していた。

涼子の罪状は傷害だった。

ある男の頬を張り、その反動で転倒した男性が後頭部を強打、全治三週間の裂傷を負ったのだ。

男の名前は、椎名保《しいなたもつ》。カードローンなどを取り扱う金融会社の社員で、その年の春に、会社を解雇されていた。

涼子が椎名とはじめて会ったのは、椎名が会社を解雇されてひと月後のことだった。

自分の法律事務所で仕事をしていた涼子は、一本の電話を受けた。電話の相手が椎名だった。労働訴訟で、依頼したいことがあるという。

翌日、事務所を訪れた椎名は、働き盛りのエリート社員という言葉がぴったりの男だった。ネクタイこそしてはいないが、初夏の暑い日でも長袖のワイシャツを着て、手にはコードバンのビジネスバッグを持っている。

椎名の依頼内容は、不当解雇で会社を訴えたい、というものだった。会社の解雇は不当で、自分に非はない、と涼子に訴えた。椎名の言い分によると、上司との折り合いが悪く窓際に飛ばされていたが、ある日、セクハラの嫌疑をかけられ、服務規律違反で解雇されたという。

依頼を引き受けた涼子は、在社中の椎名の勤務状況やセクハラの被害にあったとされる女性の言い分を調べたが、解雇に至る過程に、法的根拠を見出《みいだ》せなかった。厳重注意や降格ならまだしも、首になるほどの事実はない。たしかに不当な解雇だ。涼子は正式に、裁判に持ち込むことを決める。

涼子の算段では、簡単に勝てる裁判だった。

事件が起きたのは、訴訟を起こす準備があと少しで整うというときだった。

その日、涼子は椎名との最終的な打ち合わせを行うことになっていた。いつもなら涼子の事務所で会うのだが、その日は椎名の都合で、都内にあるホテルのラウンジで会うことになった。

平日の午後だが、ラウンジの席はほぼ埋まっていた。ランチのあとのコーヒータイムを楽しむ女性たちや外国人旅行客、商談の打ち合わせらしきサラリーマンたちがいる。

椎名との打ち合わせは、スムーズに進んだ。

事が起きたのは、フロア係の女性に二杯目のコーヒーを頼んだあとだった。フロア係が涼子たちのテーブルを離れたところで、椎名との話を再開した。話の内容までは覚えていないが、打ち合わせが済んだあとの雑談だったと記憶している。

いきなり、頭のなかで火花が散ったようなショックを感じた。そのあと、どのくらいの時間が経っていたのかはわからない。警察の取り調べで知ったが、ほんの十秒かそこらの出来事だったらしい。

女性の悲鳴がして我に返ると、飲みかけのコーヒーが入ったカップが床の上で割れ、その隣に椎名が倒れていた。後頭部を両手で抱え、呻いている。

涼子は急いで床に膝をつくと、苦痛で顔を歪めている椎名に叫んだ。

「大丈夫ですか！」

椎名は、背中へ添えた涼子の手を、強く払いのけた。

「いったい、なんなんですか！　急に殴り掛かってくるなんて！」

涼子は耳を疑った。椎名はなにを言っているのだろう。いったいなんなのかという言葉は、こっちの台詞だ。なぜ、椎名が床に倒れているのか、急に殴り掛かったのはいったい誰なのか。

茫然としていると、いきなり腕に痛みを感じた。驚いて隣を見ると、黒服を着たホテルの従業員と思しき男が、怖い顔で涼子の腕を掴んでいた。後ろに、若いベルボーイもいる。ベルボーイの顔は蒼ざめていた。

「この女性《ひと》です。この女性が、いきなり向かいにいた男性に向かって、拳を振り上げたんです」

従業員に向かってそう叫んだのは、涼子たちの隣の席に座っていた年配の女性だった。

涼子は首を激しく振った。

「待って、待ってください。私はなにも知りません」

嘘ではなかった。いまにして思えば、知らないではなく、記憶にないが、正解だとわかる。しかし、そのときは、そう答えることしかできなかった。

「詳しいことは、奥で伺います」

冷たく言い放つと、従業員は涼子をラウンジから連れ出し、事務所のような部屋へ移動させた。

椎名は救急車で病院に運ばれた。事情を訊ねる従業員に「わからない」と繰り返すことしかできなかった涼子は、ホテル側が呼んだパトカーで所轄の警察署へ連行された。

警察はその際、周りにいた従業員や客から、事情を聴取した。

警察の調べに対し、傍である程度経緯を見ていた者は、みな口を揃え、涼子と椎名は和やかな感じで話をしていたのに、急に涼子が椅子から立ち上がり、椎名に殴り掛かった、と証言した。殴られた弾みで椎名は、身体のバランスを崩し転倒。後ろにあった金属製のフェンスに後頭部を打ち付けたらしい。

とにかく、謝罪しなければ。

涼子は椎名に詫びの文書を送った。心からの謝罪の言葉と、妥当と思われる慰謝料を支払うという旨を綴《つづ》り、配達証明郵便で椎名へ送った。

代理人の弁護士を通じて受け取った椎名の答えは、依頼人に暴力を振るうことは許される行為ではなく、受けた精神的ショックは計り知れない。金銭で解決するつもりはなく、涼子には裁判で相応の刑事罰を受けてもらう、というものだった。

信じられなかった。こうした場合、大抵は慰謝料で片が付く。いくら理不尽な暴力であっても、弁護士と依頼人が裁判で争うのは、前代未聞だ。

なぜ椎名が裁判に訴えたかは、あとで知ることになる。

涼子は傷害の罪で起訴され、懲役一年六ヵ月の求刑を受けた。禁錮刑以上の処罰を受けた者は、法曹資格を剝奪《はくだつ》される。裁判官が下した判決は、懲役一年、執行猶予三年だった。裁判に当たって、精神科医の鑑定を受けることは避けた。この裁判は最悪でも、執行猶予が付く。精神科の鑑定で異常が発見されれば、どの道、弁護士は辞めざるを得ない。

上訴したが、涼子の訴えは棄却された。

刑が確定すると、涼子が所属していた弁護士会は、弁護士の信用を著しく落としたとして、涼子を除名した。

職を失った涼子は、今後の身の振り方を諫間に相談しようとした。諫間は、涼子の腕を高く評価していた。顔も広い。亡くなった涼子の父親の代から、上水流法律事務所は諫間グループの顧問弁護に加わっていた。古い付き合いだ。他にも顧問弁護士はいたが、父親と諫間は公私にわたって親しくしていた。

秘書課を通して連絡を試みたが、そのたびに諫間は海外出張もしくは、仕事が多忙なため繋がらなかった。

三度目の電話が繋がらなかったとき、涼子は悟った。理由はわからないが、諫間は意識的に自分を避けている。

無職になった涼子は、なぜ自分が、罰せられるようなことになったのか、調べることにした。記憶障害、精神疾患、ストレスによる記憶の混乱、なんでもいい。今回、事件が起きた理由がわからなければ、前に進むことができなかった。

一番考えられる理由は、記憶障害だった。椎名に殴り掛かった記憶だけが、すっぽりと抜け落ちていた。若年性認知症などの疾患である可能性は低いと思ったが、記憶障害を引き起こす脳疾患があるかもしれないと考えた。

脳外科専門の医療機関を受診し、自分の身に起きた出来事を説明して診察を受けた。問診や造影剤を使った脳の画像診断を受けたが、異常は見られなかった。

続いて涼子は、精神科を受診した。

精神疾患を患う患者は、自覚がない場合が多い。症状が緩和《かんわ》され、振り返ってみてはじめて、心の病気を受け止めることができる。涼子も、自覚がないだけで、記憶に関わるなにかしらの精神疾患を抱えているのではないか、と思った。

口コミで評判がいい精神科を受診し、ひと月ほど通院した。

内科や外科と違い、精神疾患は、レントゲンのように目視や患部に触れることで判断できるものではない。ある程度の期間と診療回数が必要だった。

四度目の受診のときに医師から、ひと月のあいだ様子を見たが、明白な精神性疾患は考えづらいと言われた。

途方に暮れ、涼子は根本的な疑問を口にした。

「では、なぜあのときだけ、記憶がないまま暴力行為に走ったのでしょうか」

男の医師は、ううん、と唸ると、難しい顔をして考え込んだ。涼子のようなケースは珍しいのだという。記憶が途切れるという疾患はあるが、一度だけ起きるというケースはほとんどない。数日おきだったり、一日のあいだで幾度かあったりと、頻度は定まっていないが、その手の発作は繰り返し起こるものらしい。

医師は困惑の態で言った。

「それに、そういった場合、記憶を失っているあいだは、放心状態が多く、突発的な行動に出るということは、あまり聞かないですね。あるとしたら多重人格を伴う解離《かいり》性障害と呼ばれるものや、刑法でいうなら心神喪失と呼ばれる状態でしょうか。ですが、上水流さんの場合、そのどちらも当てはまらないんです」

涼子は医師に訴えた。

脳に障害はなく、精神疾患も考えづらい。このままでは自分がわからなくなってしまう。自分の身になにが起こっているのか知らないまま、またいつ誰に襲い掛かるかわからない恐怖を抱え、日々過ごすのは辛い。

「先生、助けてください」

言葉の終わりは、声が震えていた。

医師は少し考えてから、椅子ごと涼子に向き直り、俯いている涼子の顔を覗き込んだ。

「上水流さん、リラクセーションサロンとかアロマテラピーといった名前を聞いたことがありますか」

涼子は肯いた。

医療行為とは認められていないが、自然な香りを含んだオイルなどを用いて、心と身体を癒す施術だ。

医師は涼子に、リラクセーションを目的としたそれらの方法を利用することを提案した。

安定剤や睡眠剤を処方するのは簡単だが、いまの涼子には服用の必要はないと思う。それよりも負荷がかかっている心や身体の疲れを取り除き、気持ちを楽にしてあげた方がいいのではないか、と言う。

「薬はいつでも処方できます。まずはそちらを試されてみるのもひとつの手ですよ」

涼子はすでに、癒し系と呼ばれる施術の経験があった。通っていたのはヒプノセラピーというもので、催眠療法を用いてのリラクセーションを目的としたものだ。

そのことを伝えると、医師は、ほお、と感心したような声を漏らした。

「よくご存じですね」

ヒプノセラピーと呼ばれる催眠療法は、古くは有史以前から疾患の治療や宗教的意味合いを持つ儀式に用いられていたと伝えられている。その後、さまざまな形を経て、一九五八年にアメリカの医師会で催眠療法が認められ、いまは医療分野だけではなく、リラクセーションを目的とした手法など、幅広い形で広がっている。

ヒプノセラピーを教えてくれたのは、椎名だった。

仕事が多忙で働きづめだった涼子は、椎名との雑談で睡眠の浅さや肩こりなどの不調を口にした。そのときに出た名称だった。

汐留《しおどめ》にヒプノセラピーをしている「アリア」という店がある。きっといま悩んでいる不調は改善するはずだ、と椎名は来店を勧めた。

開業したばかりで、まだ店のサイトもない。企業用の電話帳にも連絡先は載っていないから、と言って、椎名はそばにあったメモ用紙に、手早く店の電話番号を書き記し、涼子に渡した。

椎名が口にした聞きなれない名称に、涼子は関心を抱いた。昔から、好奇心は強い方だった。整体やアロマテラピーなど、広く知られている施術では、疲れが取れたという実感があまり得られなかった経験もあり、涼子は時間を捻出し「アリア」を訪ねた。

アリアの施術師は男性で、名前は堀江《ほりえ》と名乗った。涼子とそう歳は変わらないように見える。育ちのいい青年、というのが施術師に抱いた第一印象だった。ほどよい明るさの間接照明が灯《とも》り、広すぎず、かといって圧迫した感じがない、清潔感あふれる店の雰囲気も良かった。

革張りの、ゆったりとしたソファに座るよう促され、堀江の耳触りのいい声に耳を傾ける。

「では上水流さん。お腹を膨らませるような感じで息を大きく吸って、風船を萎《しぼ》ませるようなイメージで吸った息を吐いてください」

堀江は涼子に、深呼吸をしながら身体から力を抜くように指示した。

堀江は施術時間である六十分のあいだ、涼子の身体には一切触れず、涼子に語り続けた。内容は主にイメージングと呼ばれる類のもので、涼子に心地よい想像を促すものだった。堀江は涼子の意識を、美しい南国の海や、満天の星が広がる砂漠などへ、言葉を巧みに使い連れて行った。

頭と身体の緊張がほぐれるのだろう。施術を受けたあとは、少しのあいだ夢心地で意識がぼんやりしているが、不快だった肩こりや身体の疲れは軽減されていた。堀江のもとには、四回ほど通った。

精神科の医師にそう説明すると、医師は医学的な見解からの意見は避けながら、持論を述べた。

「催眠療法は、日本ではまだ医療としての認識は薄い。しかし、人間はよくも悪くも暗示にかかりやすい生き物ですから、イメージングと呼ばれる施術が気持ちを楽にさせ、結果的に身体の不調を取り除く結果になる。そういうことはあると思いますよ」

——暗示。

医師のそのひと言に、涼子ははっとした。

怖い顔をして口を閉ざしたままの涼子の顔を、医師が不思議そうに覗き込む。

「どうしました」

涼子は、なんでもありません、と首を振ると、手荷物入れの籠《かご》のなかに入れていたバッグを手に取り診察室を出た。

精神科をあとにした涼子の頭のなかには、ひとつの単語が浮かび上がっていた。

後催眠暗示——

学生時代に読んだ心理学の書籍のなかに記されていた。

ある人間に催眠をかけて、目が覚めたあと、特定の言葉を耳にしたり、ある場面に遭遇したとき、催眠中にかけられた暗示に従い行動を起こすというものだ。暗示をかけられた被験者は、催眠中の記憶がないため、なぜ自分が突飛な行動を起こしたのかわからない。

自分が暴力事件を起こしたのは、アリアに通ったあとだ。もし、施術師が涼子に後催眠暗示をかけていたとしたら、自分がとった理解しがたい行動に納得がいく。

それに――と、涼子は思った。

これまでアリアのことをすっかり忘れていた。後催眠で記憶から遠ざけられていた可能性がある。アリアでの施術を思い出したのは、暗示の一部が解けたからか。

涼子は精神科を出た足で、アリアへ向かった。

店があったビルの前に立った涼子は呆然とした。アリアは輸入雑貨を扱う店に替わっていた。椎名から聞いたアリアの電話番号にかけてみるが、すでに使われていなかった。

アリアがテナントとして入っていたビルの所有者に連絡を入れ、堀江について訊ねるが、個人情報保護法を理由に断られた。

涼子は父親の現役時代の伝手を頼り、信用のおける興信所を使って堀江について調べた。堀江と椎名の関係について調査してもらうことも忘れなかった。アリアを紹介したのは椎名だ。今回の件に、一枚噛んでいる可能性は高い。

一週間後、堀江と椎名に関する調査報告書が届いた。

堀江と名乗った施術師の本名と年齢、住所に続き書かれていた椎名の経歴に、涼子は固まった。

椎名は事件後、諫間グループの子会社に課長として勤務していた。

自分は嵌められたのだ、と確信したのは、椎名の経歴が書かれた次のページに記載されている事実だった。

アリアが入っていたビルと賃貸契約を結んでいた人物は、椎名だったのだ。

涼子のなかで、不可解だった出来事のすべてが繋がった。

諫間グループは、事業拡大派と縮小派のふたつに分かれて争っていた。事業拡大派は会長の諫間と、諫間の長男で当時専務だった幸人。縮小派は社長一派だった。涼子は縮小派の考えに賛同していた。若いながら、縮小策を推し進める法的実務の中心人物として活動する涼子は、自分の息子を次期社長へ就任させたい諫間にとって目障《めざわ》りな存在だった。涼子を寝返らせようと諫間は、あの手この手でアプローチしてきた。が、その度に涼子は、きっぱり断った。ここはいったん、事業を縮小して抜本的に会社を立て直すべきだ、と考えていたからだ。諫間は社長一派を解体させるため涼子を罠に嵌めて、会社から追い出そうと画策した。

顧問弁護士を首にするのは簡単ではない。役員会の了承が必要だからだ。もし、下手な手を打って裏目に出れば、自分たちが会社から追い出される懼れもあった。親の代から顧問弁護士を務める涼子には、それだけの存在感があった。いまにして思えば、諫間にとっても苦渋の選択だったのだろう。

最後の手段として涼子を罠に嵌めるため利用したのが、椎名だった。両者にどんな繋がりがあったのかは不明だ。おそらく、なんらかの伝手で、口が堅く、現状に不満を抱いている実行犯を、諫間の周辺が用意したのだろう。

諫間は椎名に、計画が成功した暁には、多額の報酬と安定したポストを与えると約束して、涼子を失脚させるよう命じた。

策を講じるよう命じられた椎名は、後催眠暗示を思いつく。涼子に依頼人として近づき、涼子を自分が仕掛けた罠に嵌めた。特定のフレーズを口にするとその人物に殴り掛かる暗示を与え、大仰に倒れて傷害の被害者を演出してみせたのだ。

そして涼子は、法曹資格を剝奪され、諫間グループの顧問弁護士を解任された。

諫間はここを先途《せんど》と一気に攻勢をかけ、役員会の実権を握って自分の血を引く息子を新社長に就任させた。

外から聞こえたけたたましいクラクションの音で、涼子の思考は六年前から現在に引き戻された。

まだ六年前から戻り切れずにいる頭を、強く振る。

諌間は、涼子が真相に気づいていると知らない。涼子が恨みを抱いていることを知らずに、依頼をしてきた。愚かとしか言いようがない。

涼子は椅子の背にもたれ、諌間の顔を思い浮かべた。余裕の笑みが悔しさに歪む光景を想像する。

——依頼を解決し、なおかつ、遺恨は晴らさせてもらう。

涼子は決意を胸に、静かに目を閉じた。

五

地下の薄暗いスタンドバーで、涼子は水割りを飲んでいた。店の名前はコラッロ。広瀬が最近、出入りしている店だ。

グラスの中身を口にした涼子は、その美味しさに思わず息を漏らした。マッカランの五十年。自腹では手を出さない高級な酒だが、これも調査費用に上乗せするから安心して味わえる。

涼子は顔をあげると、さりげなく店内を見回した。

狭い店内には、涼子を除いて五、六人の客がいた。カップルがひと組いるが、あとはひとりで飲んでいる男性客ばかりだ。

中年から青年まで、幅広い年齢層の男たちの目が、自分に向けられていることを涼子は意識していた。

形がいいと褒められる脚がよく見えるようミニスカートをはき、大きく胸元が開いたシルクのブラウスを着ている。口紅も普段より濃い目のものをつけた。洋服も口紅の色も、貴山が選んだ。貴山の言葉を信じるならば、道を歩いていれば十人が十人とも振り返る、いい女らしい。

男たちの視線を感じながら、貴山の言葉もまんざら嘘ではないのだろう、と思う。しかし、涼子が狙っているのはただひとり、広瀬だけだった。現れなければ、何日でも通うつもりだった。

コラッロに腰を落ち着けて三十分ほど過ぎたとき、店のドアが開いた。

ドアに目をやった涼子は、心のなかで快哉《かいさい》を叫んだ。

広瀬だった。服装は違えど、写真に写っていた男がそこにいた。

広瀬は店に入ると、すぐカウンターにいる涼子に目を留めた。

涼子と目があった広瀬の顔が、下品に歪む。広瀬はまっすぐ涼子の隣にやってくると、まるで旧友のような親しい口調で涼子に訊ねた。

「なに飲んでんの」

涼子は答える代わりに、グラスを広瀬に差し出した。

「飲んでみる？」

広瀬は見るからに嬉しそうな顔をすると、涼子からグラスを受けとり口にした。酒に関する舌は確からしい。こんないい酒を飲んでいるのか、というように、芝居がかった様子で唸り声をあげ、目を丸くした。

他愛《たわい》もない会話を交わし、同じ酒を二杯飲みほしたとき、広瀬は涼子の肩に手を回してきた。身体を引き寄せ、耳元で囁く。

「ここの酒も美味《うま》いけど、もっと美味しい思いができるところへ行かない？」

中学生が使うような青臭い誘い文句に、思わず吹き出しそうになる。笑いを堪えながら、涼子は精一杯、科を作った。

「いいけど、わたし、ただ美味しいだけじゃ物足りないの。刺激がないとつまらないわ」

涼子を加虐《かぎやく》か被虐嗜好者《ひぎやくしこうしや》だと思ったらしく、広瀬は好色な色を目に浮かべた。

「SとM、どっち？」

涼子は小さく笑いながら首を振った。

「そっちの刺激じゃないわ。もっと魅惑的な刺激。そうね、例えていうなら、果実をミックスしているような美味しさが欲しいわ。こくのあるバナーヌのような」

広瀬の顔色が変わる。

バナーヌとは、フランス語でバナナのことだ。

広瀬は用心深く、しばらく真顔で涼子を見つめたが、やがて表情を崩して肯いた。

「オーケー。美味しい夜を提供するよ」

「嬉しいわ」

広瀬が涼子の分まで、カウンターに金を置く。

うまくやりやがったな、そう言いたげな目で広瀬を見ている男たちを尻目に、涼子は店を出た。

涼子が広瀬に連れて行かれたホテルは、西新宿にあった。

旅行会社のパンフレットの中級に載っている、全国展開をしているホテルだ。三流が頑張って二流の部屋を用意したといったところだ。

涼子は形だけのシャワーを浴びて、バスローブを羽織った。部屋には、先にシャワーを浴びた広瀬が、バスローブ姿でベッドに腰掛けていた。

涼子が隣に座ると、広瀬はお預けを食らっていた犬のように、息を荒くして涼子の胸を摑もうとした。その手をすばやくかわし、涼子は広瀬と距離をおいた。

「その前に、くれるものがあるでしょう？」

気が急《せ》いて忘れていたのだろう。広瀬は軽く膝を打ち、ベッドから立ち上がった。クローゼットのドアを開けると、自分の革靴を手に取った。中敷きの下から、小さなビニール袋を取り出す。

広瀬はビニール袋を、涼子に向かってかざした。

「たしかに、これが先のほうが、これから食べる食事が何倍も美味くなるな」

ビニール袋のなかには、氷砂糖を細かく砕いたような、白い粉が入っていた。

広瀬はベッドサイドのテーブルに置いてあるメモ用紙の上に、中身をあけた。

涼子は小指の先に粉をわずかにつけて、舌の上に載せた。独特の酸味と苦みを感じる。

広瀬に満足げに微笑む。

「上質なバナーヌね」

ビニール袋の中身は、覚せい剤だった。

バナナとは、大麻や麻薬の隠語だ。第一次大戦後、メキシコからバナナを積んだ船で大陸に密輸されたことから、そう呼ばれている。

「あんたはこの上質なバナーヌと同じくらいの価値がある。一緒に楽しもうぜ」

広瀬はホテルのスプーンに白い粉末を入れると、ライターを取り出し焙《あぶ》りはじめた。

鼻から吸引しようと背を丸める。

その瞬間、涼子は広瀬の顔を、思い切り膝で蹴り上げた。

膝が顔面にめり込み、なにかが折れるような音がする。

不意打ちを食らい、広瀬は悲鳴をあげてベッドの上でもがいた。

白いシーツが、鼻血で赤く染まる。

「なにしやがる！」

広瀬はものすごい形相でベッドから起き上がると、涼子に摑みかかろうとした。

涼子はしなやかな動きで、襲い掛かる広瀬をかわす。

素早く立ち上がり、広瀬の前に立った。身体を捻る。戻す反動に体重を乗せ、広瀬の膝に蹴りを入れる。

広瀬の膝が、真逆に折れた。

力で敵《かな》わない相手と闘うときは、急所か関節を狙うのは格闘の基本だ。涼子には空手の心得がある。一応は黒帯だ。学生時代、父親の勧めで道場に通っていた。護身術として、というより、父親は涼子に、かつて自分がやっていた空手を通して、精神力を鍛えさせたかったのだろう。

広瀬は床に倒れると、膝を庇いながら、呻き声とも泣き声ともつかない声を漏らした。

涼子は乱れた髪を無造作に後ろへ撫でつけると、携帯を手に取り、番号を呼び出した。

ワンコールで、電話は繋がった。

「もしもし、貴山？　終わったわよ」

それだけ言って、涼子は電話を切った。

ほどなく、部屋のドアがノックされた。ドアに近づき、鍵を開ける。

貴山だった。貴山には広瀬がシャワーを浴びているあいだに電話をし、ホテルと部屋の番号を伝えていた。

涼子を見た貴山は、張り詰めた声で訊ねた。

「怪我はありませんか」

涼子は答える代わりに、床を見た。涼子の視線を追い、貴山が床を見る。床の上で苦しんでいる広瀬を見て、貴山は困ったように首の後ろを掻いた。

「心配すべきはあなたではなく、相手の方でした」

貴山の後ろから、肩で貴山を押しのけるように、ひとりの男が歩み出た。

襟がよれたワイシャツに、折り目がすっかりとれたズボンを穿いている。

冴えない中年男は、床に転がっている広瀬を見やると、ああ、と呆れたような声を漏らした。

「いくつになっても、じゃじゃ馬は変わらんな。もう少しおしとやかにしないと嫁にいけないぞ」

男の名前は、丹波《たんば》勝利《かつとし》。新宿署の組織犯罪対策課に勤める古参刑事で、いまは薬物銃器対策係の主任をしている。

丹波の説教を、涼子は鼻であしらった。

「そんな予定はないし、その気もないわ」

丹波は髭《ひげ》が伸びかけている顎を擦《こす》りながら、説教を続ける。

「いまの時代、少子化が問題なんだ。こんな危なっかしいことしてないで、早く嫁いで子供を産め」

セクハラで訴えられかねないことを平気で口にする丹波に、涼子は閉口した。女は男より三歩下がって歩くことを美徳と考えている時代錯誤ぶりは、出会ったころと同じだ。いくつになっても変わらないのは、お互いさまだろう。

「おい」

丹波が、後ろにいた若い刑事にむかって顎をしゃくる。

「間違いないと思うが、白い粉を確かめろ。覚せい剤の反応が出たら、床に転がっている男を、覚せい剤所持容疑で現行犯逮捕《げんたい》だ」

丹波の部下は、素早い動きで、テーブルの上にある白い粉を、試験キットで調べはじめた。試薬に粉を入れて試験管を振る。透明だった液体が、青く発色した。

丹波は試験管を、床の上で苦しんでいる広瀬の顔に突きつけた。

「あんたが所持していた粉だが、このとおり、覚せい剤の反応が出た。覚せい剤所持で手錠《ワッパ》かけさせてもらう」

広瀬は悔しそうに顔を歪めると、上から見下ろしている涼子を睨んだ。

「このクソアマ、嵌めやがって！　このままで済むと思うな！」

言い終わるか終わらないかのうちに、再び広瀬が悲鳴をあげた。

「おお、すまんすまん」

丹波が広瀬に詫びる。

「昔からひどい近眼でな。踏んでることに気づかなかった」

丹波の右足が、広瀬の折れた膝を踏みつけていた。

部屋に救急隊員が駆けつけると、広瀬は担架に乗せられ、病院へ搬送された。応援で呼ばれたふたりの刑事が、容疑者の逃走を防ぐため、救急車に同乗していく。

救急隊員が来るまでのあいだに着替えを終えた涼子は、自分のハンドバッグから、一枚のメモを取り出した。広瀬が身を隠している知人のマンションの住所が書かれている。

「ここに、ひとりの女子大生がいます。すぐに保護してください。そして、彼女の尿検査を。間違いなく、覚せい剤の陽性反応が出るはずです」

久実が覚せい剤に溺れていると気づいたのは、貴山の調べで広瀬が覚せい剤の売買に手を染めていると知ったときだった。

いくら男に惚れているといっても、ほかに何人も女がいて金目当てで言い寄ってきた男のために、家を出るようなことまではしないはずだ。ほかになにか理由がある。その疑問の答えが出た。久実は広瀬ではなく、広瀬から与えられる薬《やく》を追い求めて家を出たのだ。そう考えれば、親から引き出した多額の金の用途も、ろくでなしのために家を飛び出したという理由も見えてくる。

メモを受け取った丹波は、ざっと目を通すと、後ろにいる部下に手渡した。

「すぐに動け」

丹波が若い刑事に命じる。

若い刑事は、はい、と返事をすると、部屋を出ていった。ホテルの駐車場に停めてある警察車両の無線から、所轄へ連絡を入れるのだろう。

三人だけになると、丹波は改めて涼子をしげしげと見た。

「それにしても、相変わらず危なっかしい真似してるなあ。お前のタレこみのおかげで、おれは成績があがるからいいが、少しは心配する方の身にもなれよ。こいつ、お前から連絡をもらってから、ロビーで待機してたが、ずっと怖い顔で携帯握り締めて、見ているこっちは息が詰まりそうだった」

こいつ、と指さされた貴山は、ばつが悪そうな顔で、涼子から顔を背けた。

丹波は、涼子が法曹資格を失うきっかけとなった傷害事件を担当した刑事だった。事件を起こしたときの記憶がない、という涼子の証言から、涼子が何者かに嵌められた、という推察はしていたが、証拠は摑めなかった。

取調室で、涼子を地検へ送致することを告げる丹波は、どことなく投げやりな態度だった。無言で取調室を出る涼子の背に向かい、世のなか不条理なことばかりだな、とつぶやいた。

涼子が起こした傷害事件の真相を、丹波がどこまで摑んでいるのかはわからない。しかし、涼子の背に向けて放ったひと言で、丹波が疑念を抱いていることは確信した。

その後、涼子は上水流エージェンシーを立ち上げたが、調査の過程で何度か丹波とかちあった。丹波から言わせれば、自分の行く先々にお前がいるとのことだ。いままでは、持ちつ持たれつ、言い換えれば、仕事のためならお互いを利用し合う腐れ縁のような間柄になっている。

丹波は涼子に警告した。

「お前が役立たずの法を恨んでいる気持ちはわかるが、法に逆らうような生き方をしてちゃあ、苦労が絶えんだろう。早く老けるぞ」

やはり丹波はセクハラおやじだ。

涼子は丹波の前に立つと、腕を組んで斜に構えた。

「ご忠告ありがとうございます。でも、大きなお世話です。私が生涯独身だろうが、早く老けようが、丹波さんには関係ありません」

丹波は可笑《おか》しそうに笑う。

「ごもっとも。まあ、またいい話があったらよろしく頼むわ」

丹波は片手をひらひらさせ、部屋を出ていった。

「こちらこそ」

見えなくなった丹波の背に、涼子はつぶやいた。

六

貴山が運転するサーブの助手席で、涼子はバドワイザーの蓋を開けた。

涼子が住んでいる吉祥寺のマンションへ向かう道すがら、コンビニで購入したものだ。缶に口をつけて、喉を鳴らして飲む。疲れた身体に、キレのいい苦みが染み込む。

「お疲れ様でした。依頼を解決したあとのビールは美味しいですか」

涼子は缶を誇らしげに高く掲げた。

「格別よ」

貴山はシートに深くもたれた姿勢のままハンドルを器用に操る。

「でも、もうそろそろ、諫間から苦情の電話がかかってくるはずです。事を穏便に済ませるはずだったのに、なんてことをしてくれたんだ。孫娘がヤク中で捕まったとなれば、世間の信用は失墜する。よくも私と長男を窮地に追い込んだな、とね」

「そして、こう言うわ」

涼子は、諫間の声音を真似て、貴山の言葉を引き継いだ。

「お前に報酬など払わん」

ホテルを出てからほどなく、丹波から貴山の携帯へ連絡があった。久実を無事に保護し、尿検査をした結果、覚せい剤の陽性反応が出たという。久実は覚せい剤使用の容疑で逮捕され、病院で薬物依存の治療を受けることになるだろう、とのことだった。

今回の依頼は、諫間にとっては不本意な結末になったが、久実にとっては幸いだったと思う。彼女はまだ若い。しかも、はじめての過ちだ。きっと人生をやり直すことができる。そう願う。

貴山は運転しながら、大きな溜め息をついた。

「今回はただ働き同然ですね。いや、コウジに払った情報料や、かかった諸々の費用を考えると赤字だ」

コウジは、渋谷の裏界隈では有名な、大麻や覚せい剤の売人だった。望遠でコウジを撮った写真には、コウジが若い男に覚せい剤らしきものを売っている現場が写っていた。コウジと広瀬は三年前からの知り合いで、週に一回程度、渋谷の裏路地でクスリの受け渡しをしていた。

「なにか、ご不満？」

涼子は意地の悪い目を、貴山に向けた。

意地の悪い視線の意味を知っている貴山は、降参というように、肩を竦めた。

「いえ。今回の件で上水流エージェンシーの財布は軽くなりましたが、私のあなたに対する罪悪感も少しは軽くなりました」

罪悪感という言葉に、涼子は貴山のマンションを訪れたときのことを思い出した。

六年前の冬、法曹資格を失った涼子は、アリアの施術師が住んでいるマンションを探り当て訪ねた。

押されたチャイムで部屋のドアを開けた男は、ひどく驚き立ち尽くした。声を失っている男に、涼子は微笑みながら言った。

「お久しぶり、堀江さん。いえ、本名は貴山さんだったわね」

後催眠暗示を疑った涼子は、椎名の周辺を探った。

椎名の紹介で通っていたヒプノセラピーの店、アリアの施術師が貴山だと知ったのは、そのときだった。

貴山の経歴は輝かしいものだった。東大の経済学部出身で、役者志望。ＩＱ一四〇の秀才だった。

頭が良すぎると、人と価値観や考え方が違うのか、一流大学を出ていながら、貴山は就職をしていなかった。明らかな犯罪にかかわらないことを条件に、アリバイの偽装工作や特定の人物の身辺調査など、金次第でなんでも引き受けるよろず屋をしていた。

普段どのくらいの報酬があるかわからないが、涼子を陥れた依頼ではかなりの報酬を得たはずだ。しかし、通されてあがった貴山の部屋は、ひどく簡素だった。

八畳一間のワンルームに、置いてあるのはパイプベッドとスチール製の机だけ。ほかに目に付くものといえば、きれいに畳まれた衣類が納められているクリアケースと、机の上に置かれている二台のパソコンだけだった。

貴山は狭いキッチンから戻ってくると、自分と涼子の分の紅茶をトレイに載せたまま床に置いた。

甘い花と果実のような香りがした。スーパーで売っているような手ごろな茶葉の香りではない。身の周りのものにはこだわりがないようだが、口にするものにはこだわりがあるようだ。

貴山が床に腰を下ろすと、涼子は訊ねた。

「私のこと、覚えているようね」

「ええ、よく覚えています」

貴山は抑揚のない声で答える。しらばっくれる気はないらしい。

涼子は貴山の目を見つめながら言った。

「あなたにはやられたわ。完敗だった。あんなに見事に後催眠暗示にかけられたなんて、いまでも信じられないくらい」

「証拠はあるんですか」

貴山は落ち着いた声で言った。

涼子は首を振った。

「私は警察じゃない。物的証拠や状況証拠は必要ないわ。重要なのは真実だけ。私があなたを訪ねてきた理由は、自分の推測が間違っていないことを確かめたかったから」

涼子は貴山に、手に入れた調査報告書から導き出した、諫間の策略を述べた。

「今回の事件の絵図を描いたのは諫間。諫間に私を失脚させるように命じられた椎名が、あなたを使って私を罠に嵌めた。そうでしょう」

優れた棋士が何百手先まで読めるのと同じなのだろう。討議をしても勝負は見えていると思ったらしく、貴山は素直に、涼子の推論を認めた。

「で、どうするんです。私に慰謝料でも請求するんですか」

開き直った口調で、貴山が訊ねる。

涼子は薄く笑みを浮かべた。

「私にもう法曹資格はないわ」

え、と貴山が驚いたように、短い声をあげる。

「私、あなたがかけた後催眠暗示で起こした傷害事件で、法曹資格を剝奪されたの」

どうやら貴山は、自分が引き受けた依頼が、どんな結果をもたらしたのかまでは知らなかったようだ。

「私のせいで、職を失ったということですか」

詫びるような口調で、貴山は訊ねた。

涼子は声に出して小さく笑った。

「そう、いま正真正銘の無職よ。でも、あなたが罪悪感を抱く必要はまったくない。あなたは自分の仕事を立派にやり遂げただけ。弁護士の仕事と同じよ。依頼人の利益を一番に考えて動き、あなたは目的を果たした。罠に嵌まった私が愚かだっただけのことよ」

自分がしたことを、涼子に責められると思っていたのだろう。職を奪う手伝いをした男を罵倒することもなく、逆に仕事をやり遂げたことを称賛する涼子に、貴山は目を丸くした。

涼子は宙を見据え、大きく息を吐いた。

「これですっきりした。やっと前に進めるわ」

「前にって、どういう意味ですか」

涼子は、調査会社を立ち上げようと思っている、と答えた。

「法曹資格を失ったとはいえ、頭のなかにある知識を使わない手はないわ。表立って法は使えないけれど、法を利用することはできる。世の中にあるのは、大きな声で助けを求められる問題だけじゃない。むしろ、人目を避け、内々に解決したい問題のほうが多い。いままでは前者が依頼人だったけど、こんどからは後者を依頼人にしようと思っているの」

貴山は探るような目で、涼子を見た。

「いま、私がやっているような仕事をする、ということですか」

涼子は肯いた。

「簡単に言えばそうなるわね」

涼子は床から立ちあがった。

「忙しいところ、ありがとう。紅茶、美味しかったわ。この銘柄、教えてくれる？」

貴山はぼそりとつぶやいた。

「マルコ・ポーロ」

涼子は肯いた。

「覚えておく」

玄関で靴を履き、外へ出ようとドアノブに手をかけたとき、後ろから貴山の声がした。

「調査会社、いつごろ立ち上げるんですか」

「近いうちに。弁護士時代に蓄えていた貯金も、そろそろ心細くなってきているから、そうのんびりもしていられないの」

「私をそこで、雇ってくれませんか」

涼子は後ろを振り返った。

「本気なの？」

貴山が真剣な顔で肯く。

「私への支払いは、歩合制でいいです。そのときの依頼で入ってくる報酬の何割かをいただければそれでいいです」

涼子は眉根を寄せた。

「どうして。自分で仕事を請け負った方が、儲かるはずよ」

貴山は肩を竦めた。

「もともと自分は面倒くさがりなんです。クライアントとの打ち合わせから実務までひとりでこなしていることに、そろそろ限界を感じていたんです。それに、強敵の同業者が現れるとなると、仕事が減ってしまう。それなら、あなたに雇ってもらって、自分は言われたことだけしていた方が楽です」

涼子は考えた。心の奥では自分に恨みを抱いているかもしれない女のもとで働きたい、と言いだす貴山の真意がわからない。しかし、貴山の優秀さは魅力だった。貴山がいかに有能かということは、罠に嵌められた自分が一番よく知っている。

涼子は少しの間のあと、貴山に言った。

「私、人使いが荒いから苦労するわよ」

貴山は、どうってことない、というように首を振った。

涼子はにっこりと笑いながら、握手を求めて右手を差し出した。

「よろしく」


涼子は車に備え付けのデジタル時計を見た。午前一時。深夜だ。

貴山に訊ねる。

「これからなにか用事がある？　彼女とデートとか」

貴山は淡々と答えた。

「残念ながらそのような予定はありません。あなたを送り届けたら、自分のマンションに帰って寝るだけです」

涼子はぽつりとつぶやいた。

「いまから事務所へ行けないかしら」

不思議そうに貴山が涼子を見る。

「貴山が淹れた、マルコ・ポーロが飲みたいわ」

少し考えてから、貴山が訊ね返す。

「酔い覚ましですか？」

ふふ、と涼子は笑った。

「そう、そんなところね」

貴山と出会った頃が懐かしいから、とは恥ずかしくて言えなかった。

車が赤信号で止まると同時に、貴山の携帯が鳴った。

貴山が上着の内ポケットから携帯を取り出した。画面を見た顔が、微妙に歪む。喜色と困惑が入り混じったような表情だ。

「誰？」

貴山が携帯を、涼子に向けた。ディスプレイには、諫間の名前が表示されていた。

涼子に対する恨み辛みを述べるためにかけてきたのだろう。

貴山は電話に出ず、終話キーを押した。そのまま、懐へ携帯を戻す。

「事務所に戻って、紅茶で祝杯をあげましょう」

フロントガラスの前方を見ながら、貴山が言う。弾むような声だ。

「そうね。そうしましょう」

涼子は笑顔で同意する。

信号が青に変わった。
貴山がアクセルを踏む。
サーブは事務所へ向かって、滑るように走り出した。

心理的にあり得ない

一

色褪せた暖簾《のれん》をくぐり引き戸を開けた瞬間、喧騒《けんそう》が鼓膜《こまく》を刺激した。店内は酔客でごった返している。十人ほどが座れるL字形のカウンターはほぼ満席で、店内に四つあるテーブル席もすべて埋まっていた。

指定席である奥のカウンターも、若い男が腰掛けている。予土屋《よどや》昌文《まさふみ》は軽く舌打ちをくれ、カウンターに見つけた空席を目指し店内を移動した。

大阪ミナミの路地裏にある虎昌《とらまさ》は、阪神ファン御用達の焼き鳥屋だ。シーズン中はたいてい、縦縞のユニフォームで賑《にぎ》わっている。が、それにしても、デーゲームが終わって四時間も経つというのにこの込み様は、異常だ。

——まァ、しゃァない。巨人に逆転サヨナラなんて、それも連敗を止める四番の一発なんて、阪神ファンにとっちゃァ盆と正月が一緒にきたようなもんや。

「らっしゃい！」

ひとつだけあった空席に座ると、カウンターのなかから若い衆の威勢のいい声が飛んだ。

揃いの阪神Tシャツを着たアルバイトが、おしぼりと鳥皮のお通しを持ってくる。

「いつもの」

そう言うと予土屋は、シャツのポケットから煙草を取り出した。コンビニで買ったばかりの百円ライターで火をつけ、大きく吸い込む。

結局、亜由美《あゆみ》に言われた禁煙は、一週間もたなかった。

「なァ、四番の逆転サヨナラ・ホームランて、いつ以来や」

右隣の若い男が、連れに向かってはしゃぎ声をあげた。二十代半ばくらいか。

アルコールで顔を赤く染めた相方の長髪が、少し考えて答える。

「せやな……掛布《かけふ》以来ちゃうか」

隣の男がすかさず反論した。

「それ、バースやろ」

バース、掛布、岡田《おかだ》のバックスクリーン三連発の一九八五年当時は、ふたりともどう見ても生まれていない。母親の腹のなかでタネにもなっていない年代だ。

「いやいや、兄ちゃん」

予土屋の左隣に座る中年男が口を挟んだ。常連の左官屋だ。店で何度も顔を合わせている。

「たしか、金本《かねもと》が打ってるはずや」

左官屋の連れが、真面目な顔で首を捻った。

「いや、新井ちゃうけ。わし、ナゴヤドームで見たで」

前歯が一本なく、間の抜けた顔をしている。

――アホな。なんで中日の本拠地でサヨナラなんじゃ。

苦笑いすると、予土屋は若い衆が運んできたばかりの生ビールに口をつけた。ズボンのポケットから携帯を取り出し、左耳にイヤフォンを挿《さ》し込む。ネットのラジオ番組アプリにタッチした。選局はナイター放送に合わせてある。

開始ボタンに触れると、実況を伝える男性アナウンサーの声が聴こえてきた。

「ＱＶＣマリンフィールドで行われている千葉ロッテマリーンズ対福岡ソフトバンクホークスの十回戦。四対一とホークス、リードで迎えた九回裏。マリーンズの攻撃は、打順よく一番からはじまります」

間に合った。九回の表のピンチは、なんとか凌《しの》いだらしい。

同棲相手の亜由美と喧嘩し、予土屋は家を飛び出した。電車で虎昌に向かう途中、中継をずっと聴いていたが、地下鉄の改札を出たところで電波が途切れた。九回表、ホークスの先頭打者がヒットを打ったところだった。

こういうとき、一度リセットするのが予土屋の流儀だ。怖いもの、嫌なものはできるだけ、見たくも聴きたくもない。

危険が迫ると砂のなかに頭を隠す駝鳥《だちょう》のように、じっと恐怖を遣《や》り過ごす。見ていなければ、何事もなく平穏に終わるような、気がする。

九回表の攻撃が終わるであろう時間まで、実況から離れるつもりだった。

予土屋は地下鉄の出口にあがると、携帯をズボンのポケットにしまい、虎昌まで歩いた。

途中のコンビニで煙草とライターを買ったのは、亜由美への当て付けだ。

「おおっと、三球目もボール！　スリーボール。外の低めいっぱいですが、わずかに外れました」

アナウンサーの声が上擦《うわず》っている。

マウンドには、クローザーの外国人投手があがっていた。防御率一点台前半を誇る、十二球団ナンバーワンの守護神だ。

いつもの――と頼んでおいた、焼き鳥のハツとツクネが運ばれてくる。

ビールを流し込み、ハツを齧《かじ》った。

試合はここが正念場だ。

予土屋の額に、暑さのせいではない汗が滲む。四十の半ばを過ぎてから、髪の生え際がかなり後退した。カウンターの上にあるおしぼりで、額をぐるりと大きく拭う。

四球目は見逃し。五球目も見逃して、フルカウント。その後、ファウルが二球つづく。

「八球目、振りかぶって投げた。内角高め、バットが出た。空振りか。いや、振ってない、振ってない！　審判の右手はあがりません！」

――よし！

「三塁塁審にも確認しますが、ボール。スイングではないとの判定です。ノーアウトのランナーが出ました、千葉ロッテマリーンズ」

串を持つ手に力が入る。

突然、店内で六甲颪《ろっこうおろし》の大合唱がはじまった。

阪神が勝った日の虎昌は、これがあるから困る。

予土屋はイヤフォンを挿していない右側の耳を手で塞ぎ、中継のボリュームをあげた。

途端、歓声が左耳をつんざく。

「初球、バッター打った。セカンドゴロ。あ、弾いた！　弾いた！　セカンド、拾い直してファーストに投げる。間に合わない。一塁、セーフ！　ノーアウト一塁、二塁。なんたることだ、名手がここでエラー。真正面のゴロを弾いてしまいました！」

ラジオからアナウンサーの声が響く。

予土屋は昂奮を抑えるため、二本目の煙草に火をつけた。

――間を置いて正解や。ツキが回ってきたで。

「マリーンズはこの場面、どう攻めるべきだと思われますか」

実況アナウンサーが、解説者に訊ねる。解説者は酒やけしたただみ声で、そうですねエ、まア、と勿体《もったい》をつけた。

「この場面で、バントはあり得ません。二点差ならば、いま塁に出ている走者をバントで二、三塁へ送り、次のヒットで一打同点に持って行けますが、点差は三点です。同点に追いつけないバントで、むざむざアウトをひとつ敵に与える必要はありません。ここは打者に自由に打たせて、チャンスを広げたいところでしょう」

——アホちゃうか。

心のなかで予土屋は毒づいた。素人《しろうと》でもわかるような能書きを垂れて金が貰えるのだから、解説者もぼろい商売だ。

予土屋ははるか千葉の幕張へ向け、祈りを込めて念を送った。

——送れ。走者を送れ。せめて右打ちで、二塁ランナーを三塁へ進めろ。一点入ればいいんだ。一点だけでいい。

予土屋の心を読めるものがいたとしたら、首を大きく捻るだろう。三点差の試合に、一点だけ取っても意味はない。マリーンズの負けだ。なぜこの男は、一点だけでいいと言うのかと。

イヤフォンから、実況の大きな声が響いた。

「ピッチャー投げた。バッター打った！」

予土屋はイヤフォンを、強く耳に押し当てた。アナウンサーが早口で捲《ま》くし立てる。

「打球はセカンドの右、強烈なゴロ！　倒れこんで捕った、今度はよく捕った！　二塁は、投げられない。一塁は間一髪アウト！　マリーンズ、ワンアウトでランナーを二、三塁に進めました」

思わずガッツポーズが出る。

店内の六甲颪はいつの間にか止んでいた。ラジオのボリュームを落とし、ビールを喉に流し込む。

この場面、一点を与えてもいいホークスの内野陣は、中間守備のままだろう。外野も当然、長打を警戒して、深めに守っているはずだ。

予土屋は舌なめずりをした。

――もうひといきや。外野フライでも内野ゴロでもなんでもええ。一点や、あと一点でええんや。

「さあ、今日はゲッツーふたつと、いいところのない四番。汚名返上できるか」

アナウンサーが冷静な声に戻って言う。

――頼むで。

見えない相手に、両手を合わせた。

実況の声が、耳に響く。

「ピッチャー第二球、投げた。打ったあ！」

ラジオから歓声が上がった。それに負けないくらいの声で、実況が叫ぶ。

「センター、伸びる。伸びる！　入るか、入るか。いや、入らない！　捕った、センター背走して捕りました！　三塁ランナーはタッチアップ。内野にいい球が返ってくるが間に合わない。マリーンズ、一点返しました、四対二！」

「よっしゃ、貰た！」

怪訝そうな客の目が、予土屋に向けられる。心のなかで叫んだつもりだったが、声に出ていたらしい。店内の視線が突き刺さった。

「なんですの？」

左官屋が、素っ頓狂な声で予土屋に訊いた。

「ふん。なんでもあらへん。頭んなかで連れと話しとっただけや」

薄ら笑いを浮かべて答える。

隣の若者が小さく首を竦めるのを、予土屋は見逃さなかった。

シャブでも喰《く》ってると思ったのだろう。ふたり連れの若者は互いに目配せすると、静かに椅子を引いた。そろそろと立ち上がって、勘定場に向かう。

――けっ、勝手にさらせ。

人からどう見られようと、関係なかった。

若い衆が片付けるのを待って、空いたばかりの端の席に移動する。ジョッキと小皿を手元に引き寄せると、予土屋はカウンターに片肘をつき、残ったビールを飲み干した。

盛大なゲップが出る。三本目の煙草に火をつけた。

アルコールとニコチンが、ほどよく身体を駆け巡る。

満足の息をついた。

左耳のイヤフォンからは、まだ続いている試合の実況が聴こえてくる。

試合は四対二。ツーアウト、ランナー二塁そのまま。五番バッターのカウントはツー・エンド・ツーだ。

あと二点追いつけるかどうか、マリーンズファンなら固唾《かたず》を飲んで見守る場面だろう。しかし予土屋は、マリーンズのファンではない。

ラジオを切って、携帯をズボンのポケットにしまった。

「親父、いつもの」

ビールは駆けつけ一杯。二杯目からは冷酒と決めている。アテはモロキュウと冷奴だ。

六十代半ばの店主は無言でカウンターへ手を伸ばし、枡に入れたコップを予土屋の前に置いた。背後の棚から一升瓶を取り出し、なみなみと酒を注ぐ。

この店に通いはじめてから三年になるが、親父はめったに口を開かない。ひとりで来ていても素性を詮索《せんさく》されないのは、ありがたかった。

予土屋はコップに口を持っていき、溢れそうになっている酒を啜った。

ズボンのポケットから再び携帯を取り出し、メールを開いた。

新着メールはない。亜由美はまだ、不貞腐《ふてくさ》れているのだろう。

目当ての既読メールを確認する。『FからL、3』とある。念のため、自分が送った返信を開いた。『FからL、3。L10』となっている。

間違いない。

予土屋は安堵の息を漏らし、携帯をポケットにしまった。


予土屋が野球賭博をはじめて、二十年になる。

若い頃からギャンブル好きで、パチンコからパチスロ、麻雀、競馬、競艇、競輪と、賭け事と呼ばれるものはひととおり手を出した。行き着いた先が、野球賭博だった。最初は千円単位だった賭け金が、いまでは毎月、トータルすると百万前後を賭けている。一試合一万円。十二球団で六試合。シーズン中のプロ野球は開幕の三月を除き、月に百試合以上ある。勝ったり負けたりを繰り返しているが、平均すると月に二十万はやられている計算だ。

ギャンブルをしない者からすれば、負けているのに賭けをすることが理解できないだろう。人が借金してまでギャンブルをやる理由は、負けたときの後悔よりも、勝ったときの快感が忘れられないからだ。

野球賭博は競馬など公営ギャンブルと違って寺銭の控除率が低い。競馬は二割から三割とるが、野球賭博は一割だ。ハンデも複雑で、野球というゲーム自体に面白味があり、スリルもある。おまけにあと精算だから、手元に現金がなくても賭けられる。一回の賭け金の上限も太く、いま使っている組織の場合は五十万だった。月に二十万円の負けなど、一試合当てれば取り戻せる。賭け金次第では、月の負けの倍以上の額が、懐に入ってくる。

野球賭博は、自分が賭けたチームが試合に勝った負けたで勝負が決まるような、単純なものではない。必ず、ハンデ、というものがつく。最初から一方のチームに加算される点数のことだ。

ハンデは先発ピッチャーの優劣や対戦成績、チームの調子や中継ぎの疲弊度《ひへいど》など、あらゆる状況を加味して決められる。小数点以下、一桁まで設定され、客の賭けが五分五分になるよう、ハンデ師が総合的に勘案する。エース級のピッチャーと、一軍に上がったばかりの若造では、どう見てもエースが勝つ確率は高い。それでは賭けにならないから、分が悪いピッチャーが登板するチームに、ハンデがつく。ハンデ三はかなりでかい数字だ。

今日のホークスのピッチャーは、絶好調のエースだった。対するマリーンズはローテーションの谷間で、二軍から一軍に登録されたばかりの高卒二年目のピッチャーだ。

マリーンズとしては半ば捨て試合のようなものだ。万が一、若手が好投すれば儲けもの、程度にしか考えていない。しかも、中継ぎ陣は連投に次ぐ連投で、まともに使えるピッチャーがほとんどいない状態だった。ホークスからマリーンズへのハンデ三は、妥当な評価だったと思う。

今夜、予土屋は二年目の高卒ピッチャーに賭けていた。この若手はアンダースローだ。ホークスには右の好打者も多い。十二球団一の強打線といえども、アンダースローには意外とてこずるのではないか、と考えた。五回三失点くらいに抑えれば、チャンスはある。初物でデータが乏しいのも好材料だった。

もちろん、その辺も考慮してのハンデなのだが、予土屋は好機と感じた。

案の定、ホークス打線は打ちあぐね、六回まで二点に抑えられた。中継ぎを打って四対ゼロと点差を広げたが、八回の裏にエースが出会い頭の一発をくらい、四対一とマリーンズに詰め寄られた。ハンデは三だから実質四対四の同点だ。この時点で賭けは引き分け、金が取られることはない。九回表のホークスの攻撃をゼロに抑え、裏でマリーンズが一点でも取れば四対五と逆転する。そして試合は、予土屋の思惑どおりに展開した。

予土屋は冷酒を飲みながら、頭のなかで計算した。

今日はこの試合一本に限って、いつもの十倍の十万円賭けた。勝者から胴元が取るテラは勝ち金の一割だから、儲けは九万円だ。精算は毎週月曜日と決まっていた。負けると一週間分の負け分を指定の口座に振り込み、勝ったらその分が自分の口座に振り込まれる。もっともこれは予土屋の場合で、いまだに手渡しで精算している客も少なくない。口座に証拠を残さないためだ。

予土屋はここ三年、精算を滞らせたことがなく、組織からもそれなりの信用を得ていた。

予土屋は今週、すでに六万やられている。今日負けていれば、明日の日曜日の勝敗は別にして、ひとまず十六万の負けが確定するところだった。

裏目に出たときのことを想像して、予土屋は身震いした。

予土屋が使っている野球賭博の胴元は、三代目桜和《おうわ》連合会だ。大阪ミナミに根を張る組員二百名ほどの指定暴力団で、どこの大組織にも与せず独立を貫いている老舗《しにせ》の博徒組織《くみ》だった。武闘派として知られ、過去には広域暴力団との抗争事件も起こしている。暴排条例以後、飲食店などのミカジメが厳しくなり、いまは野球賭博と公営ギャンブルの呑み屋が、シノギの大半らしい。

なかでも野球賭博は、日本一のハンデ師と言われる大物が、ハンデを切っていることで知られていた。

ハンデ師とは名のとおり、試合のハンデを決める者のことだ。ハンデ師には、膨大《ぼうだい》な野球の知識と最新の情報が必要とされる。あらゆる手段を使って、選手の体調やチーム状況を入手、分析し、試合のハンデを決める。三代目桜和連合会の出すハンデが、全国の暴力団組織が切るハンデの目安になっている、との噂もあった。

大金で大物のハンデ師を囲い、賭博一本で食べている組織だ。万が一、負けが込んでバックレようものなら、凄絶な追い込みがかかる。どこに逃げても、命の保証はない。

予土屋は、天井に向かって、煙草の煙を大きく吐き出した。

三代目桜和連合会にばれたら命がないかもしれない危ない橋を、かつて渡ったことがあった。だがそれは、ばれない絶対の自信があったからだ。しかも、実入りは途轍《とてつ》もなく大きかった。いま食っていけるのは、あのときの貯金があるからだ。しかしその貯金も、底を突きつつあった。

思わず舌打ちが出る。

あんな美味しいカモは、二度と現れないだろう。

予土屋は気持ちを切り替えた。

——まあ、いまんとこ金は回っとる。そのうち、チャンスもくるやろ。なんにしても、今日の勝ちはでかい。

煙草を吸いながら、勝利の味を反芻《はんすう》する。知らず頰が緩んだ。

コップに残っていた酒を一気に飲み干すと、予土屋はカウンターの向こうに声をかけた。

「親父、冷お代わりや」

予土屋が二杯目の冷酒に口をつけると、店の戸が開く気配がした。

「まいど！」

見ると戸口に、ひとりの男が立っていた。仕立ての良いジャケットと、折り目がきっちりついたパンツを身に着けている。

「えらい込んでるな。びっくりぽんや」

引き戸を閉めながら、男が目を見開いて言う。

身だしなみはきちんとしているのにどこか崩れて見えるのは、軽薄な話し方と、いかにも女にモテそうな端整すぎる顔立ちのせいだろう。

名前は天見《あまみ》。下は阪神のピッチャー、能見《のうみ》と同じ篤史《あつし》だったはずだ。名前と顔の雰囲気が似ているので、覚えていた。

天見とはここ二週間のあいだ、四回ほど虎昌で顔を合わせている。歳の頃は三十代前半。熱狂的な阪神ファンだ。聞きかじった話によると、父親の会社を手伝っているボンボンらしい。最近までロサンゼルスに留学していて、ひと月前に帰国したという。

天見はすでに酔っていた。おそらくどこかで祝杯をあげてきたのだろう。千鳥足でカウンターまでやってくると、端にいる予土屋に気づき驚きの声をあげた。

「これはこれは、予土屋さんじゃありませんか。よく会いますね。いやー、奇遇奇遇」

——大袈裟《おおげさ》なやっちゃ。

予土屋は野球があるとき、たいていこの店にいる。時間帯さえ間違えなければ、週に六日会っても不思議ではない。

そう思ったが、口には出さなかった。どうでもいい話で、いまの気分を壊したくなかった。角が立たないよう、調子を合わせる。

「せやな。おたくとはほんま、よう会うわ」

「これもなにかの縁ですかね。横、いいですか」

返事をするよりも先に、天見は隣の席へ腰を下ろした。カウンターのなかで汗をかきながら動いている店主の背中に、声をかける。

「親父さん。僕にもとりあえず冷。あと焼き鳥を適当に見繕って」

「はいよ」

親父が振り向かずに答える。

出てきた酒を啜ると、天見は満面の笑みを予土屋に向けた。

「せやけど、今日の勝利は格別でしたね。大量リードで安心して観てられる勝ち試合もええけど、起死回生の逆転サヨナラは、ほんま痺《しび》れますわ」

「ああ、ほんまやな」

予土屋は同意した。

もちろん天見は、デーゲームの阪神・巨人戦のことを言っている。しかしいまの予土屋が勝ち試合という言葉で連想するのは、野球賭博で勝った今夜のマリーンズ対ホークス戦だ。それぞれが思い浮かべている試合は違うが、気分の良さは共有できる。

天見は今日の試合の見どころを上機嫌で語りながら、出された焼き鳥を食べている。このあと、どんな話の流れになるかは、もうわかっている。天見はその日の試合をひととおり解説したあと、自分がいかに阪神を愛しているかを語るのが常だ。

最初に口を利いたときは、天見が父親に連れられて、はじめて甲子園に行った日の感動を聞かされた。その次は、父親の伝手で当時のレギュラー全員のサインを入手し狂喜乱舞した自慢話。二日前に会ったときは、阪神の四番とエースの系譜を、熱く話していた。

関西人でありながら阪神に特別の思い入れを持たない予土屋には、基本、うっとうしいことこのうえない。

適当なところで店を出よう。そう思い、頃合いを見計らっていると、天見の胸ポケットから六甲颪のメロディが響いた。携帯の着信音だ。

胸ポケットからスマートフォンを取り出すと、天見は液晶にタッチした。口角があがっている。誰か好ましい相手なのだろう。

「ああ、僕だ。久しぶりだな。うん、もう帰っている。ひと月前だ」

知人に帰国の話をしているようだ。

普通の店なら顰蹙《ひんしゅく》ものだろうが、虎昌の客は頓着しない。携帯で話しているのか連れと話しているのか、わからないほど騒々しいからだ。

ちょうどいい。席を立とう。

予土屋は帰り支度《じたく》をし、煙草とライターをシャツのポケットにしまった。

「もちろん、このあいだの話は本当だよ。そう、ラスベガスのバリーズだ。送った画像、見ただろう。あの山積みのチップ。ああ、最高だったね」

ラスベガスのバリーズといえば、世界的に有名なカジノホテルだ。アメリカにいるあいだに、カジノを楽しんできたらしい。

「嘘じゃないって。あのチップ、一枚千ドルだぜ。数えてみろよ。そう、三千万」

――三千万?

予土屋は浮かせた尻を椅子に戻した。

聞き間違えか。いや、たしかに三千万と言った。千ドルのチップが山積みなら、そのくらいになってもおかしくない。

脇汗が流れる。もしかしてこの男、考えていた以上にとんでもない金持ちのボンボンなのか。

相手と近いうちに会う約束をして、天見は電話を切った。胸ポケットにスマートフォンをしまう。

内心の動揺を隠し、予土屋はしまったばかりの煙草を取り出した。火をつけたあと、さりげない風を装って話を向ける。

「ずいぶん親しげに話してましたな。お友達でっか」

天見は肯き、白い歯をこぼした。

「ええ、大学の同期でね。長い付き合いです」

「大学は、関東の？」

標準語で喋《しゃべ》っていたことが照れ臭いのだろう。天見は、しょうもない私立です、と自嘲《じちょう》した。

焦るな、と予土屋は自分に言い聞かせた。

獲物を追い詰めるつもりで、少しずつ近づいていく。

「アメリカには何年くらい、居てはりましてん」

天見があっけらかんと答える。

「なんやかんやあって、大学院《いん》を出てからそのままですから、五年になりますかね」

予土屋は驚いた。

「五年も。そりゃまた凄ぃ」

「まァ、留学とは名ばかりで、実際は遊んでばかりいました」

「まァ、五年も遊んで暮らせるやなんて、豪儀やなあ」

思わず本音が漏れる。

天見はバツが悪そうに、頭を掻いた。

「親の脛《すね》を齧《かじ》ってただけです。けど、しんどかったですよ、野球シーズンは。阪神の試合はネットで逐一、確認してましたけど、甲子園の風が恋しくてね。悶《もだ》え死にしそうでした。おかげで、日本に帰ってきたいまは天国です。朝から晩まで、阪神三昧《ざんまい》ですわ」

天見が豪快に笑う。

予土屋は追従《ついしょう》笑いしながら、網を狭めていった。

「なんやラスベガスの話が出てたけど、好きなんでっか、カジノ」

自分でもわかるほど、舌なめずりするような口調になった。

天見が一瞬、警戒の色を見せる。

すかさず餌を撒《ま》いた。

「いや、自分も韓国のカジノに、よう行くもんやさかい」

同好の士とわかり、天見が頰を緩めた。

「そうなんですか。マカオやシンガポールは経験したけど、韓国は行ってないなァ」

ギャンブル好きは、ギャンブルの話に目がない。天見はさっそく乗ってきた。

畳み掛ける。

「天見さん、種目はなにを」

「おもにバカラです。スロットやルーレットより、カードゲームが好きですね、自分は」

バカラに嵌まっているのはたいてい、重度のギャンブル中毒者だ。

生唾《なまつば》を飲みそうになる。抑えて、さらなる水を向けた。

「勝つときは太そうやね」

天見が含み笑いを見せる。

「そのかわり、負けるときも太いですよ」

「山積みのチップとか羨《うらや》ましい。さっきの話、わしにも聞かせたって」

「人が勝った話を聞いても、面白くないでしょう」

天見の困惑したような仕草が表向きのものであることを、予土屋は見抜いていた。

ギャンブル好きは、勝負の話を人にしたがるものだ。それは自分がよく知っている。

天見もラスベガスで勝った話をしたくて、うずうずしているはずだ。その証拠に、顔には隠し切れない喜色が浮かんでいた。

予土屋は、餌を口元まで持っていった。

「種目はなんで勝ったんです？　やっぱりバカラでっか」

天見は肯き、にやりと笑った。

「見ます？」

スマートフォンを再び取り出し、画像を検索して予土屋に向ける。見ると、手前には半円形のテーブルに山積みにされたチップが映っていた。中央にはチップを前に、ブランディーグラスを掲げた天見が歯を見せて笑っている。まるで、映画のワンシーンのようだ。

「凄いな、このチップの山。なんぼくらい儲かったんでっか」

三千万が嘘か真か、予土屋は確認するつもりで言葉を投げた。

天見がスマートフォンを胸ポケットにしまいながら答える。

「このときは三万ドルの元手で、二十八万ドル。まあ、日本円でざっと三千万ですかね」

思ったとおり、こいつがギャンブルにつぎ込む金はでかい。

こいつは極上のカモ――金をたんまり持った太客《ふときやく》だ。

「それはすごい。たいしたもんや」

予土屋は目を丸くしてみせた。

持ち上げられた天見は、興が乗ったのか、自分から自慢話をはじめた。ゴールドコーストのカジノでは五十万ドル勝ったとか、デトロイトのダウンタウンにあるカジノではポーカーで勝ちすぎ、強面《こわもて》の男たちから絡まれたとか、身振り手振りを交え面白おかしく語る。その一方で、負けた話も隠そうとはしなかった。派手に大損したことも、楽しそうに回想する。

ギャンブル好きのなかには、大勝より大敗を自慢したがる者がいる。自分の財力を誇示するためだ。天見も例に洩《も》れなかった。

「そこでやめればよかったんやけど、もう、毒を喰らわば皿までですわ。有り金、全部ぶち込みました」

予土屋はコップ酒をちびちびやりながら、感心した風を装い、相槌《あいづち》を打った。

「わかるわ……その気持ち」

予土屋の言葉を受けて天見が、笑顔で肯く。

「ですよね」

天見はそれから、一晩で一千万円やられた話を、さほど悔しそうでもなく語った。

「言うたらなんやけど、そないに負けて、大丈夫やったんですか」

予土屋は探るように訊いた。

「まあ、ギャンブルなんて所詮、勝ったり負けたりですから。なんとかなっちゃうんですよね、不思議とこれが」

惚《とぼ》けた口調で、天見が言う。

いったい、親はどれほどの財産があるのか、想像もつかない。

予土屋は今度こそ、生唾を飲んだ。

やはり本物のボンボンだ。金の苦労をしたことがないのだろう。いままで首が回らなくなるほど負けが込まなかったのは、単に運がいいだけだ。世の中、運だけでは渡っていけない。良くも悪くも、頭を使わなければ生き残れないということを、こいつは知らない。

心のなかで舌を出す。

——運が向いてきた。

予土屋は吸っていた煙草を灰皿で揉み消すと、椅子から立ち上がった。

「天見さん。この先、なんか予定入ってまっか」

「いいえ、なにも」

立ち上がった予土屋を見上げながら、天見が即答する。

「なら、わしにちょっとだけ、付き合いまへんか。いい店を紹介しますさかい」

予土屋は手早く、ふたり分の会計を済ませた。

いや自分の分は自分で、と大仰に手を振り、天見が困惑する。

「まあ、ええやないですか。お近づきの印や」

困惑の態で眉根を寄せていた天見が、意を決したように立ち上がる。

「じゃあ、こうしませんか。僕の行きつけの店が北新地《きたしんち》にあります。先にそっちへご招待させてください」

願ったり叶ったりだ。

「キタでっか。そら、よろしな」

予土屋は心のなかでほくそ笑んだ。

二

上水流涼子はローズとシトラスの香りが際立つフレーバーティーを、依頼主に勧めた。

「どうぞ。うちの貴山が淹れる紅茶は、本場の紅茶専門店でも通用するほど美味しいんですよ。お口に合えばいいのですが」

貴山伸彦が無表情のまま抑揚のない声で言った。

「紅茶だけではありません。コーヒーもです」

貴山は涼子が経営する上水流エージェンシーの、「飲み物係」兼「経理」兼「助手」だ。

「――場合によっては、カクテルも」

ひと息おいて付け加える。

貴山はバーテンダー選手権で入賞したことがある。腕は確かだ。

涼子は事務所の中央に置かれている応接セットのソファの上で、面倒そうに片手を振った。

「あなたの自慢話はけっこう。私は桜井《さくらい》さんのご相談をお聞きしたいの」

もっともだと思ったのだろう。貴山は肩を竦めるとトレイを小脇に抱え、事務所の奥にある給湯室へ戻っていった。

部屋のなかが静かになると、涼子は軽く咳払いをし、改めて確認した。

「桜井さんは、二年前に亡くなったお父様の件でいらしたのですね」

涼子と向かい合う形で、テーブルの向こう側に座る桜井由梨《ゆり》は、遠慮がちに肯いた。二十六歳という年齢のわりには、落ち着きがある。勤め先は、誰でも名前を知っている大手の証券会社だ。大企業の受付で身に着けた礼儀作法によるものなのか、持って生まれた気質によるものなのかはわからないが、白いブラウスと紺色のスカートという清楚な服装は、彼女によく似合っていた。

由梨から電話があったのは三日前だった。

会社の上司の伝手で、公にしづらい相談事を請け負ってくれる事務所があると聞いて連絡してきたという。

相談の内容は、二年前に自殺した父親のことだった。父親の死に関して気になることがある。どうか調べてほしい、と由梨は懇願《こんがん》した。次の土曜日、大阪から上京して事務所を訪ねるので、話を聞いてほしいという。

ちょうど、大きな仕事を解決したところだった。先の予定は入っていない。

念のため、と涼子は電話口で訊いた。

――うちの料金はご存じですか。

――存じております。

硬い声で由梨は答えた。

涼子は貴山が淹れた紅茶を口元に運びながら、依頼内容の詳細に触れた。

「お父様は、自殺されたのでしたね」

まだ悲しみが癒えていないのだろう。由梨は辛そうに、こくりと首を折った。

「来月の末に、三回忌を行います」

「いろいろ準備でお忙しいでしょう」

涼子がそう言うと、由梨は自嘲気味に笑った。

「母は私が幼い頃、父親に嫌気がさして家を出ていきました。父には姉と弟――私から見て伯母と叔父がいますが、父は親類縁者から絶縁されていて、私も長いこと会ってません。父の葬儀にも来ませんでしたから、三回忌にも来ないでしょう。私ひとりでお寺に行って、ご住職にお経をあげてもらうだけです」

「頼れるご親族が、いらっしゃらないのですね」

由梨の顔から、強がりの笑みが消える。唇を強く噛むと、ことの経緯《いきさつ》を話しはじめた。

由梨の父親、喜一《きいち》は、大阪で老舗の材木問屋の長男として生まれた。喜一の父親が当主だった戦後の高度成長期、住宅の建築ラッシュで店はかなり儲かっていた。

裕福な家に生まれ、跡取りとして甘やかされて育った喜一は、良くも悪くも人がよかった。金まわりがいいところには人が集まってくるのが世の常で、喜一のまわりにも、有象無象がたむろした。友人と称して集まってくる輩のなかには、世間知らずの跡取りを金づるにする者もいた。

お人よしの喜一は、言葉巧みな誘いにつられて若い時分から遊びを覚えた。酒、女、賭け事を嗜《たしな》み、実家の資産を食いつぶしていった。

見かねた両親やきょうだいに咎《とが》められ、そのときは涙を流して謝るのだが、根っからのお人よしは直らず、また遊びに興じて同じ過ちを犯す。その繰り返しだった。

喜一を最初に見限ったのは、妻の弘子《ひろこ》だった。弘子は喜一の放蕩ぶりに耐え切れなくなり、由梨が三歳のときに離婚して家を出ていった。

いくら家が裕福とはいえ、財産には限りがある。

喜一の父親は、いまから十三年前、喜一が四十三歳のときに病で亡くなった。母親もその二年後に急逝した。喜一には親が遺した財産が受け継がれた。贅沢さえしなければ、本業と、資産運用で建てたアパートの家賃収入で、ゆうゆう暮らしていけた。

代替わりして店の主になったのだから、喜一は気持ちを入れ直して真面目になるべきだった。しかし、若い頃から覚えた喜一の遊び癖は直らなかった。遺された財産のほとんどは、七年後には人手に渡った。

そこまで追い詰められて、喜一はやっと自分の愚かさに気づいた。しかし、遅すぎた。金があったときは、友人だ知人だと集まっていた連中はどこかに消え、姉や弟からは何年も前に縁を切られている。喜一がいよいよ切羽詰まった頃、由梨はすでに家を出ていた。奨学金で大学に通い、ひとりで暮らしていた。

娘の涙に、気持ちを入れ換えてやり直すと、喜一は決めた。由梨も今度こそはと、父親の言葉を信じた。しかし、無理だった。喜一は借金を重ね、実家の土地建物も、数軒の貸しアパートも手放すことになった。銀行への負債だけが残った。

「その額は？」

涼子が訊ねる。

由梨は恥を忍ぶように、身を小さくしながら答えた。

「五千万円です」

涼子は小さく首を振った。一朝一夕には返せない金額だ。

喜一から由梨に連絡があったのは、自殺する前日だった。

滅多に連絡してこない父親からの電話に、由梨は不吉な感じを覚えた。

携帯の向こうから聞こえてくる声はひどく沈んでいて、喜一は涙ながらにいままでの行いを詫びた。嫌な予感がなくもなかったが、由梨は冷たく突き放した。喜一が泣いて悔いる姿は、かつて何度も見ていた。でも、しばらくすると、喜一は同じ過ちを繰り返した。

この日も、いつもと同じ泣き言だと思った。そのうち、また遊びはじめるに決まっている。そう思った由梨は、一方的に電話を切った。翌日、喜一は借りていたアパートの部屋で首を吊った。

「父は、自分の命で人生を清算しました。相続を拒否したので、借金はちゃらになりました」

由梨は大きく息を吐いて、言葉を続けた。

「父がいままでしてきたことを考えれば、身から出た錆《さび》だと思います。その一方で、もっと別な方法があったんじゃないかとも思うんです。あのとき、優しい言葉をかけていたら……たったひと言、どうしたのって訊いてあげていたら、父は死なずにすんだんじゃないか、そう思うんです」

由梨は膝の上に揃えた手を、強く握りしめた。

死には、かならず悔いが付きまとう。涼子はこんな場面を、何度も見てきた。

それが友人や知人でも、関係者は、あのときああしていればこうしていれば、と大なり小なり悔恨の臍《ほぞ》を噛む。まして、肉親ならなおさらだ。どれほど確執があろうと、血の繋がりには抗《あらが》えない。

下手な慰めは却って逆効果だろう。涼子は淡々と話を進めた。

「それで、ご相談というのは？」

俯いていた由梨は、歯を食いしばるような表情で、面をあげた。

「これを見てください」

由梨は脇に置いていたハンドバッグから、男物の手帳を取り出した。どこにでもある紳士用のものだ。由梨はページを開いて、涼子に差し出した。

「ここです」

手帳を受け取った涼子は、ページに目を落とした。罫線《けいせん》が引かれているメモ欄だ。日付が書かれていて、その横にアルファベットと数字が記されていた。日付はいまから四年前にはじまり、二年間で終わっている。数字は、0・5とか1・3など、小数点の混じったものもあり、△や▲の符号が添えられている。『六月五日。T2・3▲20』といった具合だ。

「これは？」

涼子は訊ねた。

「父の手帳です」

由梨は涼子の手のなかにある手帳を、悲しげに見つめた。

「手元に残しておける父の遺品は、その手帳とたったひとつの腕時計だけでした。父が使っていた食器や布団などの日用品は、処分しました」

由梨は話を続ける。

「手帳をはじめて見たとき、そのわけのわからない数字を、株取引の記録だと思ったんです。両親から受け継いだ財産を失ったとき、父は一からやり直すと言っていました。そのときは信じていませんでしたが、手帳のメモを見つけたときに、父は父なりのやり方でやり直す努力をしたのではないかと思いました。それが株だった、と思ったんです」

由梨は切なげに目を伏せた。

「父は株に手を出して失敗し、多額の借金を背負った。そして自殺した。そう思っていたんです。でも、ひと月ほど前に偶然目にした雑誌の記事で、もしかしたら手帳の数字は株ではなかったんじゃないか。そう気づいたんです」

「株ではないとしたら、なんですか」

涼子は問うた。

由梨が答えるより先に、涼子の後ろから声がした。

「野球賭博ですね」

いつのまにか、貴山が涼子の背後から手帳を見下ろしていた。

「いまマスコミが騒いでいる、あれのこと？」

去年の秋、二軍に所属していたプロ野球選手三名が、野球賭博を行ったとして、所属球団を解雇された。さらに、開幕を控えたこの春、新たに一名の一軍級選手の関与が発覚した。

八百長《やおちょう》に加担している形跡はなかったようだが、現役の選手が違法なギャンブルに――それも職業である野球の賭博に――手を染めていた事実は、プロ野球ファンに衝撃を与えた。

「野球賭博に、桜井さんのお父さんが関わっていたというの？」

貴山は手を伸ばして、涼子が見ていた手帳を取り上げた。ページをぱらぱら捲《めく》り目を滑らせると、得心したように言う。

「ほぼ、間違いないと思います」

「どうしてわかるの」

涼子は訊いた。

貴山は髪をかきあげた。ドヤ顔代わりの癖だ。

「アルファベットは多い順にT、G、C。一の位の数字は最大三点台までだからです。これだけで充分でしょう」

「意味がわからない」

涼子はむっとして嚙みついた。

貴山がもう一度、手帳を確認する。

「やはり使われているのは十二球団の頭文字だけです。タイガース、ジャイアンツ、カープ……。数字に関しては――」

「私も、そう思います！」

由梨がテーブルに身を乗り出して、ふたりの会話へ割って入った。自分の声の大きさに驚いたのか、由梨ははっとした顔で我に返ったように、ソファに身体を戻した。乱れた息を整えると、改めて同じ言葉を繰り返す。

「私も、貴山さんがおっしゃるとおりだと思います。父はたぶん、野球賭博に手を出していたんです」

由梨の話によると、いまからひと月ほど前、立ち寄ったカフェでトレンド情報誌を手に取った。注文したコーヒーがくるのを待ちながらページをめくっていると、どこかで見た数字の羅列が載っているページを見つけた。父親の手帳に記されていたものと似ていると気づくまで、少し時間がかかった。

記事の見出しは『手を出してはいけない　危ないギャンブル　その仕組み』というものだった。さまざまな賭け事の情報が記載されているが、一番大きく取り上げられていたのは野球賭博だった。ページには、野球賭博の仕組み、胴元の取り分、ハンデと呼ばれる賭けの詳細が載っていた。

掲載されている数字の羅列と、父親の手帳に記されていた数字の形が、由梨の頭のなかで重なった。

その夜、自分のアパートに帰る途中、カフェで手に取ったトレンド情報誌をコンビニで買った。急いで家に帰って父親の手帳を開き、数字を照らし合わせた。やはり酷《こく》似《じ》していた。双方ともに、一の位がゼロから三までで、小数点以下一桁までの数字だ。しかも、父親の手帳に記されている日付は、三月から十月上旬までだった。あとで調べると、ちょうどプロ野球の開幕から閉幕までで、ペナントレースと呼ばれる期間にあたっていた。

父親は野球賭博をしていた。由梨はそう確信した。理由はもうひとつあった。喜一は熱心な阪神ファンだった。

「野球賭博は違法です。法に触れるようなものに手を出していた父が悪いのは、よくわかっています。それだけなら、私も父の自業自得《じごうじとく》だと思います。でも、ひとつだけ気になることがあるんです」

「気になること？」

涼子はオウム返しに訊ねた。

由梨は肯くと、強い視線で涼子の目をまっすぐに見つめた。

「父が自殺する前日、私に言い残したひと言です」

涼子は聞き逃さないよう、意識を集中した。

由梨はゆっくりとつぶやいた。

「騙された――」

由梨は俯いて目を閉じた。

「父はいままでの自分の行いを詫びていましたが、電話を切る前に、騙された、と言ったんです。そのときはなんのことかわかりませんでしたが、父の悔しそうな声が忘れられなくて、ずっと覚えていました。それで、野球賭博の記事を見たとき、もしかしたら父は、違法な賭け事に関わるなかで、騙されたんじゃないかと思ったんです」

由梨は目を開けて顔をあげると、貴山が手にしている手帳を指で差した。

「最初に開いたページに、携帯番号が書かれています」

貴山が素早く目を走らせ、手帳を涼子に戻す。見ると日付がはじまっているページの隅に小さく、090からはじまる携帯番号が書かれていた。横に漢字で「予土屋」とある。人の名前か店の屋号だろう。

「私、その番号に公衆電話からかけてみたんです。きっと、野球賭博に関係している人のものだと思ったので」

「電話は繋がりましたか」

涼子の問いに、由梨は、はい、と答えた。

「予土屋を名乗る男が出ました」

「なにを話したんですか」

由梨はわずかに肩を震わせた。

「なにも言わずに切ってしまいました。電話をかけたはいいけれど、いざ繋がったら怖くなってしまって……。それに、男の話し方がひどく乱暴で、まるでヤクザのようだったんです」

「なるほど」

さもありなん、と涼子は思った。野球賭博は暴力団の資金源と言われている。バックにヤクザがいても、なんの不思議もない。

涼子は由梨の推測を代弁した。

「あなたは、自殺したお父さんが予土屋という男に騙されていた、とお考えなんですね。男はなんらかの方法でお父さんを騙し、多額をむしり取った。そのせいでお父さんは自ら命を絶った、と――」

由梨は強い眼差しで、涼子を見据えた。

「そうです。事実がそうなら、予土屋という男を私は許せません。どうにかして、父の無念を晴らしてあげたい」

由梨は涙を堪えるように、唇をきつく噛んだ。

「どうしようもない父だったけれど、私にとってはたったひとりの父だったんです。もし、誰かの悪意によって追い詰められて命を絶ったとしたら、その人間を見つけ出して復讐してやりたい。父を死に追いやった人間が、のうのうと生きているなんて、耐えられません」

由梨は自分を落ち着かせるようにひとつ息を吐くと、バッグに手を伸ばした。なかを覗き、男物の腕時計を取り出す。テーブルの上に置き、涼子の方へ滑らせた。

「父の形見です。私、アンティークとか骨董品に詳しくなくてわからなかったんですが、その腕時計、限定品でプレミアがついているんです。父が亡くなってしばらくしてから、どんな時計か知りたくてネットで調べたんです。そうしたら、三百万円の値段がついていました。信じられなくて、中古ブランドショップに持って行って鑑定してもらったら、間違いなく本物でした」

「貴山」

涼子は名を呼ぶことで、腕時計の価値を調べるよう、貴山に促した。

デスクに戻った貴山は素早くパソコンのキーボードを叩いた。何度かマウスを操作し、目当ての画像を開く。数秒見つめた。立ち上がって応接セットに近づくと、由梨にひと言かけた。

「失礼します」

慎重に腕時計を手に取り、四方から眺める。

IQ一四〇を誇る貴山の記憶力は抜群だ。一度でも目に焼き付けた情報は、海馬《かいば》にしっかり残っている。

やがて断言した。

「本物です」

由梨が切迫した声音《こわね》で言い募る。

「依頼を引き受けてくださるなら、いますぐこの時計を売ってお金を用意します。その三百万円を、手付金としてお支払いします。足りないようなら、貯金の二百万円を取り崩します」

由梨はソファの上で、膝につくほど頭を下げた。

「お願いです。調べてください」

涼子はひと息ついてから、返事をした。

「わかりました。お引き受けしましょう」

由梨が勢いよく頭をあげる。まだなにも解決していないのに、顔は溢れんばかりの喜びに満ちていた。

「ありがとうございます。大阪に帰ったら換金して、すぐお金を振り込みます」

由梨がテーブルの上の腕時計に手を伸ばす。

その手を押し留め、涼子は言った。

「手付は、この現物で結構です」

由梨が不思議そうに首を傾げる。

涼子は時計を貴山に渡しながら、穏やかに笑った。

「失礼ですが、あなたよりもうちの貴山の方が、いい古物商を知っています。貴山ならあなたよりいい条件で、時計を売ることが可能でしょう。売れるものは、少しでも高く売った方がいいですからね。その方があなたの負担も少なくなります」

由梨が納得したように笑顔で肯く。

涼子は言葉を続けた。

「それから、この手帳はしばらくお預かりします。調査の関係があるので」

由梨は晴れ晴れとした表情で、深々と頭を下げた。

「よろしくお願いします」

由梨が帰ったあと、テーブルのティーカップを片付けていた貴山が、重い溜め息を漏らした。

自分のデスクから涼子は、貴山を睨んだ。

「なに？　依頼を引き受けたのが気に入らないの」

まさか、という表情で首を振る。貴山は由梨が残したティーカップを手にして、涼子に掲げた。

「彼女、まったく口をつけなかったんです。彼女の口に合うと思って茶葉を選んだのに、残念です」

涼子は呆れながら、手をひらひらと振った。

「あなたのプライドなんかどうでもいいわ。それより——」

机の上に置いてある手帳に、目を移す。

「この手帳に残されている数字、野球賭博のものに間違いないの？」

プライドを傷つけられた意趣返しのつもりか、今度は貴山が呆れたように、ひらひらと手を振った。

自分が間違うわけない、わからない方が間抜けだ、と目が言っている。

いま、貴山といがみ合っている暇はない。涼子は降参の意を示すように両手を揚げた。

「私が持っている野球の知識は、セ・リーグとパ・リーグの二つのリーグがあるということくらいよ」

貴山は一時休戦を受け入れたらしく、ティーセットが載っているトレイをテーブルの上に置いた。

説明をはじめる。

野球賭博の仕組みはそう単純なものではない。細かいハンデというものがつくという。

「野球賭博はハンデが非常に巧妙で、戦うチームのそれぞれに五分五分の賭け金が集まるよう、調整されているんです」

「そのハンデは誰が決めているの」

貴山は、大物ハンデ師、と答えた。

「ハンデ師の元締めのような人物がいて、その下に豊富な野球知識を持つハンデ師が何名もついています。元締めが試みに切ったハンデに対して、それぞれハンデ師が勝敗を予想するんです。たとえば十人なら、五人、五人に近づくよう調整して、ハンデを最終的に決定するんです」

まるで意味がわからない。涼子は眉根を寄せた。

貴山が、具体的な例をあげて説明を続ける。

「たとえば、A対Bの試合が行われるとして、AからBに、二点のハンデが出ているとします。実際の試合は三対二でAの勝利に終わったとしましょう。ですが、この場合、賭けのうえでは、ハンデの二点をBの得点に足し、三対四で逆にBの勝ちとなります。通常ハンデは三点台までです。だから手帳に、一の位には4の数字がないんです」

「なるほどね。ハンデの意味と勝負の決め方はわかった。で、配当はどうなるの」

貴山は重要な事実を述べるように、声のトーンを落とした。

「そこが、野球賭博の難しいところです」

涼子はもたれていた椅子の背から身を起こした。

「もったいぶらずに教えて」

「たとえば巨人・阪神戦で、巨人から阪神に、ハンデが一・三出ていたとします。結果、巨人が二対一で勝った。しかし賭けの上では二対二・三。阪神の〇・三差勝ちですが、阪神に賭けていた人間が丸勝ちになるわけではありません」

また意味がわからなくなった。眉間に皺を寄せ、貴山に先を促す。

「野球賭博では、ハンデを入れて一点差以上つかないと、丸勝ちにはならないんです。一点差以上つけば、賭けた全額分がもらえます。一万円賭けていれば、一万円儲かる、というわけです。しかし小数点以下の勝ちでは、その割合でしか支払いはありません。〇・三なら三割、一万円賭けていれば三千円ということになります。そこから、胴元の取り分、寺銭を引いた金額が事実上の儲けになります」

「寺銭は賭け金の何割？」

貴山は右手の人差指を立てた。

「一割です。勝った金額の一割——さきほどの例だと、三千円から一割の三百円を引いた二千七百円が儲けになります」

涼子は確認した。

「じゃあ、同じハンデで、阪神が三対一で負けたときはどうなるの。賭けのうえでは〇・七ポイント、阪神の負けでしょ」

「その場合、阪神に賭けてる側が七千円の負けです」

「寺銭は？」

貴山が、やれやれといった表情で首を振った。

「寺銭は勝った側にしかかかりません」

「えっ、そうなの。ヤクザも良心的じゃない」

「国は二、三割とってますから、その意味では良心的ですが、均せば必ず、胴元が勝つ仕掛けになってます」

すぐには理解できない。

見透かして貴山が補足した。

「さっき言ったように、ハンデは五分五分の勝負になるよう切られてます。巨人への賭け金のトータルが百万、阪神も百万だとする。簡単に言えば、胴元へ入ってくるのは百万、出ていくのは寺銭を引いた九十万で、十万円、胴元が儲かる計算です」

やっと意味がわかった。

もうひとつ重要なのは、と貴山が強調する。

「野球賭博は現金がなくてもできる点です」

「え？」

思わず、短い声がでた。

「精算は週一回、月曜日で、手持ちの金がなくても口張りで賭けられるんです」

「翌週、まとめて精算するってこと？」

「そうです。土曜日まで負けてても、日曜日に逆転できるということです。だから、一発逆転を狙って、ついつい賭け金が増えていく」

涼子は腕を組んで唸った。

「十万円負けてても、賭け金によっては一試合で取り返せる、ってことね」

「そこが、野球賭博の怖いところ――言い換えれば、嵌まるところです」

「やっぱり、ヤクザって阿漕《あこぎ》だわ」

貴山は静かに肯いた。

「それで」

一度テーブルに置いたトレイを手にし、涼子に訊ねる。

「これからどうしましょう」

涼子は喜一の手帳に、手を伸ばした。

「まず、この携帯番号の持ち主を割り出す。予土屋という男の身辺を探る。あのセクハラ刑事に頼んでみるわ」

セクハラ刑事とは、新宿署の古参刑事、丹波勝利のことだ。口が悪い中年親父で、いつも寒い下ネタを飛ばしている。

「私はなにをしましょう」

涼子は即座に言った。

「とりあえず、いま手にしている食器を洗ってちょうだい。あとのことは、それから指示するわ」

貴山が肩を竦めて、給湯室へ入っていく。

涼子はスマートフォンを取り出し、電話の連絡先リストをタップした。

丹波の携帯番号を呼び出す。

数回のコールで電話は繋がった。丹波の不機嫌そうな声が耳に届く。

「なんだ、行き遅れ。おれはいま忙しいんだ」

背後から、雑踏の喧騒が聞こえる。署ではなく、街に出ているようだ。

涼子は精一杯の愛想を振り撒いた。

「お久しぶり。お元気そうでなによりだわ」

ふん、と丹波は鼻で笑った。

「見え透いた社交辞令はいらねえんだよ。用件はなんだ。どうせ碌《ろく》でもない用事だろ。お前さんが連絡してくるときは、面倒事と決まってる」

相変わらず嫌味な男だ。いちいち反応しても仕方ない。

涼子は率直に用件を述べた。

「ある携帯番号の持ち主を調べてほしいの」

「事件性のある話か」

声が低くなった。

「まだ、わからない。でも、胡散臭い人物であることは確かよ」

すぐにつれない言葉が返ってくる。

「無理なのは知ってるだろ。いまどき警察官が個人情報を流せば、一発で首だ」

「前にも同じこと言いながら、やってくれたじゃない」

甘えた声を出す。

お前なあ、とだみ声が凄んだ。

「おれを首にしたいのか」

「前の一割増し払うわ」

受話器の向こうで、丹波が沈黙した。

「もしもし――」

「番号を言え」

涼子は数字を区切り、二回繰り返した。

「持ち主は予土屋と名乗っている」

「どんな字だ」

手早く説明した。

「なんで知りたいんだ」

畳みかけてくる。

「こっちにも守秘義務があるわ」

「お前、もう弁護士じゃねえだろ。探偵風情《ふぜい》が御託《ごたく》を並べるな」

むっとしたが、なんとか抑えた。送話口で声を潜める。

「野球賭博。関与してる疑いがあるの」

「話してみろ」

涼子は手短に事情を説明した。野球賭博のハンデ情報がほしいことも伝える。

少し沈黙したのち、丹波が訊いた。

「いつまでだ」

涼子は椅子をぐるりと回すと、窓の外を見た。

「二週間以内。どんなに遅くても、来月の頭までには答えが欲しい。来月末までには、この依頼を解決したいの」

「来月末になにかあるのか」

丹波の問いには答えず、涼子は言った。

「恩にきるわ」

「調べがついたら連絡する」

電話はぶつりと切れた。


丹波から呼び出されたのは、二週間後のことだった。午後の三時、約束の時間に、涼子は貴山を引き連れて丹波が指定した店に行った。

渋谷の大通りから路地を入り、入り組んだ道の先にその喫茶店はあった。地元の新宿を避けるのはいつものことだ。

雑居ビルの一階にある古い店は、気が付かずに通り過ぎてしまうほど、まわりの景色に溶け込んでいた。曇りガラスがはめ込まれた木製のドアを開けると、くぐもった鈴の音がした。

丹波は奥のテーブルにいた。狭い店内にほかに客はなく、カウンターのなかで年老いたマスターが新聞を読んでいるだけだ。

向かいの席に座ると、涼子は自分と貴山のアイスコーヒーをマスターに頼んだ。丹波はテーブルの週刊誌に目を落としたまま、顔をあげなかった。

無言のテーブルに、コーヒーが運ばれてくる。マスターがいなくなるのを待って、口を開いた。

「調べはついたの」

丹波は顔をあげると、週刊誌の下から茶色い書類袋を取り出した。放るように涼子の前に置く。

「頼まれたものだ」

涼子は書類袋を手にすると、中身を取り出した。

Ａ４の紙が四枚入っていた。一枚目には、予土屋の個人情報、二枚目から四枚目までは、涼子が頼んだ二年間の阪神の試合結果と、ハンデが記されていた。

涼子はハンデの紙を貴山に渡すと、予土屋の情報に目を通した。

本名は予土屋昌文、四十六歳。無職。現住所は大阪市鶴見区となっている。グリーンコーポ鶴見三〇二号がいまの住居らしい。道頓堀《どうとんぼり》にあるスナックゴールドのホステス、田部《たべ》亜由美、三十四歳と一年前から同棲中。難波の居酒屋、虎昌の常連。指定暴力団、三代目桜和連合会の組員と接触履歴ありと、記されている。

涼子は確信を深めた。

三代目桜和連合会は、去年の秋、野球賭博で解雇された二軍選手との関与を疑われている組織だ。やはり、野球賭博の線が太い。

読み終わった紙を貴山に渡し、訊ねた。

「どう、なにかわかった？」

ハンデ情報と喜一の遺品の手帳を見比べていた貴山は、髪をかきあげ、手帳とコピーを涼子にも見えるようテーブルに置いた。

「からくりが見えました」

紙と手帳の、同じ日付の箇所を指差す。ハンデの数字が違っていた。

貴山が説明する。

「試合のハンデが、三代目桜和連合会が出す数字より、毎回〇・二、阪神側に低く切られています」

「どういうこと？」

「それだけ、阪神に賭ける人間が不利になる、ということです」

丹波が眉根を寄せる。涼子も意味が摑めなかった。

貴山は涼子と丹波を見やって言った。

「まあ、私に任せてください」

三

天見の行きつけは、キタにある高級クラブだった。ひとり五万は下らない店だ。ついたホステスの話しぶりから、天見の羽振りの良さが伝わってきた。

予士屋はその日、たっぷり餌を撒いた。野球賭博の面白さを、体験を交えて熱っぽく伝えた。

遊びで一回、試しにやってみないか、と誘うと、天見は少し躊躇う素振りを見せた。

――面白そうやけど、怖いお兄さんがバックにいるんでしょ。

ますわ。

——そりゃそうやけど、あんたが表に出んですむよう、自分が責任もって間に立ち

天見が賭けた最初の金額は、千円だった。広島・阪神戦で、ハンデは阪神から広島へ〇・七。二対一、阪神の勝ちで、寺銭を引き天見は二百七十円勝った。次は二千円で丸負け。その次から、賭け金は万単位に跳ね上がった。

賭けるのは決まって阪神戦だ。

前のカモと同様、阪神の勝ちにしか賭けない。阪神の負けに賭けるのは、熱烈な阪神ファンとして、心理的にあり得ないのだろう。気持ちはわかる。

だからこそ、おいしいのだ。

予土屋はあらかじめ、三代目桜和連合会から流れてくるハンデに手を加え、天見に伝えていた。阪神が不利になるよう、〇・二、さじ加減して。

本格的に組織と繋がらないかぎり、実際のハンデは知りようがない。〇・二の違いなんて、素人にわかるはずがなかった。

天見の賭けはすべて呑んでいる。三代目桜和連合会へは流してない。

寺銭の一割は丸儲け。しかも、〇・二のハンデ増しがある。たとえばハンデを入れて、阪神の〇・七勝ちだったら、それが〇・五勝ちになるということだ。賭け金の七

割もどすべきところを、五割ですますことができる。

長い目で見れば、ぼろ儲けだった。

先週、天見は十万近く負けている。これから賭けの上限は、あがる一方だろう。熱くなって雪だるま式に増え、月の負けが百万を超える日も近いかもしれない。事実、桜井喜一は二年でおよそ三億、溶かして首を吊った。

天見にメールを打ちながら、予土屋は溢れてくる笑いを止められなかった。

野球賭博は基本、間違いが起こらないよう、記録が残るかたちで連絡することになっている。胴元の三代目桜和連合会から流れてくるハンデも、最近はもっぱらメールだ。万が一、警察の手が伸びても言い逃れできるよう、賭け金の表示は本来の数字から四桁省略している。一なら一万円、十なら十万という具合だ。

今日、天見からのメールはまだ届いていない。昨日は『5』と打たれていた。丸儲けだった。この調子なら来週の月曜には、百万単位の実入りがあるかもしれない。

携帯を閉じると、すぐに着信が鳴った。天見だ。

「はい、もしもし」

飛びつくようにして出た。

「忙しいところ、すみません」

酔っているみたいに声の調子が跳ねている。土曜日だから昼間から飲んでいたのか。

「いやいや、平気です。なんでっしゃろ」

「いつものやつですけど、そろそろ大きくいきたいんですが、どのくらいまでなら受けてもらえますかね」

――ついにお出でなすったか。

予土屋は口角をあげた。緩みそうになる口元を必死に引き締める。努めて冷静な声を装った。

「そうですなあ。わしもこの道、長いさかい、それなりの信用はおま。まあ、百くらいは大丈夫だすわ」

「百ですか、そりゃァいい」

天見が嬉しそうに笑う。

やはり、こいつは桜井より太い。短期間でこれだけレートをあげてくる賭け手は、そうそういないだろう。

――このカモ。絶対に逃さへんで。骨の髄《ずい》までしゃぶったる。

天見が冗談めかして続けた。

「僕が当てても、予土屋さんが損するわけじゃないですよね」

一瞬、動揺したが、すぐに自然な笑いが出た。

「もちろんです。全部、組に流してまっさかい。呑んだりなんかしまへんがな」

「そうですか。じゃあ明日の巨人戦、ハンデわかったら教えてください。勝負しようと思うてます」

「なんぼです？」

動悸《どうき》が速くなる。

「上限の百で」

軽い口調で言う。

生唾を飲み、訊ねた。

「今日はどうされます。電話でもええですよ」

「いや、今日は止めときます。運は明日にとっときますわ」

豪快に笑う。

「わかりました。ほな」

愛想笑いを返し、予土屋は電話を切った。

予土屋は携帯のアラーム音で、目を覚ました。

頭の上に手を伸ばし、携帯を掴んで画面を見る。

午前十一時。アラームを切った。

身体を起こして、あたりを見渡す。自分の部屋だった。布団の隣では、亜由美が寝息を立てている。

予土屋は布団から這い出ると、台所に行き、水道の水を飲んだ。

昨夜はかなり飲んだ。どのようにして帰ってきたか、覚えていない。

水を飲んでひと息ついた予土屋の頭に、昨夜の記憶が蘇ってきた。自然、笑いが込み上げてくる。

昨日、天見は電話で、今日の巨人・阪神戦に百万円賭けると言った。ハンデがどう切られるかわからないが、負けないようないつも以上に数字を細工すればいい。プラス一点以上の操作をするつもりだった。

万が一、負けても、百くらいならなんとでもなる。

億稼ぐための、撒き餌だと思えばいい。

予土屋がもう一杯、水を飲もうとしたとき、携帯が震えた。メールが入ったのだ。

メールは三代目桜和連合会からだった。今日の巨人・阪神戦のハンデの知らせだ。

三代目桜和連合会から流れてきたハンデは、めずらしく阪神からの出だった。巨人に二点のハンデがついている。

予土屋は苦い顔をした。エースとローテ三番手の戦いとはいえ、巨人に若干、甘いような気もする。しかし、予土屋はすぐに気を取り直した。プロにはプロの見立てがあるのだろう。

阪神を不利にするためには、巨人にハンデを足してやればいい。

予土屋は鼻歌を歌いながら、天見にメールした。

『G3』

予土屋はほくそ笑んだ。天見は生粋の阪神ファンだ。絶対、巨人には賭けない。ハンデ師は五分五分になるよう、ハンデを切っている。一点も乗っけたら、勝ったも同然だ。

予土屋が天見からの連絡を待っていると、締め切り時刻の三十分前にメールが入った。

「きよった、きよった」

笑いながらメールを開く。待ちに待った天見からだった。

『100、お願いします』とある。

予土屋はすぐに打ち返した。
『いつもどおり、流します』
折り返しが速攻でくる。
『大丈夫ですね』
『もちろん』
次に返ってきた天見からのメールを見て、予土屋は目を疑った。
「なんやて……嘘やろ」
酔いが残っているのかと思い、目を強く擦ってから、改めて読み直す。間違いない。
「こんなん、ありえ得んわ……」
声に出してつぶやく。
画面には、Ｇ１００、とあった。
巨人に百万——
震える手から、携帯が落ちた。

四

「ねえ」

デスクのパソコンで野球中継を観ていた涼子は、貴山に声をかけた。

「なんですか」

貴山は自分の席で、パソコンのキーボードを叩きながら返事をする。

「この試合よね。あなたが百万円賭けたの」

「そうです」

貴山は仕事の手を休めずに、淡々とした口調で答える。

「気にならないの？」

涼子の問いに、貴山はうんざりした顔を向けた。

「その話は何度も説明したでしょう。勝っても負けても問題ありません」

たしかに、貴山の説明は納得いくものだった。しかし、賭けたチームが負けたらどうしよう、と不安を抱くのは理屈ではない。人間の心理だ。

丹波から情報をもらったあと、貴山は事務所に戻ると、自分が予土屋を嵌める、と涼子に宣言した。

偶然を装い予土屋に近づいて、上等のカモだと信じ込ませる。自分を偽り、画像を加工してカジノで大勝した話を振る。予土屋が食いついてきたら、数回、遊んだところで賭け金を上限まで引き上げる。そこで一気に叩く算段だった。

「それにしても、よく三代目桜和連合会と交渉できたわね」

涼子は試合の流れを追いながら、感心して言った。

貴山は予土屋に近づくと同時に、裏の繋がりを辿って、三代目桜和連合会幹部とのパイプを手に入れた。その幹部に、ある試合に関して、予土屋という男に知らせるハンデを偽ってほしいと頼んだ。自分が指定した日に行われる巨人・阪神戦のハンデを、予土屋にだけ巨人がもう一点有利になるよう伝えてほしい、と依頼した。

交渉の見返りは、前払いのキャッシュで百万。大阪での滞在費だのなんのと、経費は二百万以上かかった。

「予土屋は私――天見が阪神に賭けると思い込んでいる。となれば、三代目桜和連合会から知らされた巨人有利のハンデに、さらにハンデの上積みをするはずです。野球賭博のハンデはほとんど五分五分になるよう切ってありますから、ハンデ一点以上の差は大きい。巨人に賭ければ、かなりの確率で勝てるはずなんです」

「計算どおり賭けに勝ったとしても、予土屋が知らぬ存ぜぬで逃げようとしたらどうなるの？」

貴山は涼しい顔で答えた。

「三代目桜和連合会に取立《キリトリ》てを頼みます。まあ、半分はもっていかれますが」

「もし、賭けに負けたら？」

貴山は大きく息を吐くと、椅子ごと涼子に身体を向けた。

「バックレればいいだけの話です。あいつはこちらの正体を知りません。銀行の口座も、以前、裏から手に入れたものですし、バレっこありません」

「でも……」

「まだなにか」

貴山が睨みをきかせる。

涼子は頰を膨らませた。

「それじゃァ、依頼者の思いに応えられないでしょ」

貴山が不敵な笑みをこぼす。

「実は勝っても負けても、三代目桜和連合会にクズのことを密告します――証拠を揃《さ》えて。おたくの名前を使って、野球賭博のアガリを吞んでるやつがいるってね。五体満足では、すまないでしょう」

涼子は唖然とした。

「――あなた、ヤクザより悪《ワル》よね」

貴山が真顔に戻り、つぶやくように言った。

「間に合って、よかったです。三回忌」

「そうね」

涼子は肯いた。

パソコンの画面に目を戻す。試合はまだ続いていた。

九回の裏、巨人の攻撃だ。点差は三。

ハンデは三だから、悪くても賭けは引き分けだ。

涼子は安堵した。

もし巨人が一点でも返せば、百万円入ってくる。

突然、実況が叫んだ。

「打った！　大きい、大きい！」

息を詰めて画面を見つめた。

歓声がドームを包む。

白球はバックスクリーンに向かって、一直線に伸びていった。

解説

内田　剛（ブックジャーナリスト）

いま最も信頼すべき作家は柚月裕子である。その人柄と作品力は「あり得ない」ほど魅力的で、出会えば必ず誰もがファンとなるだろう。

柚月作品に外れはないがこの『合理的にあり得ない　上水流涼子《かみづるりようこ》の解明』は最もカジュアルに著者の魅力を存分に味わえる最良の作品だ。ファンにはもちろん最初の一冊としても広くオススメできる。

長く書店現場の最前線で仕事をしていた個人的な柚月体験を思い出しながら作品群を振り返ってみる。

二〇〇九年、『臨床真理』で「このミステリーがすごい！」大賞を受賞し華々しくデビュー。この時点から同学年の著者として注目をしていたのだが、その実力が並外れていると確信したのが翌二〇一〇年刊行の『最後の証人』であった。発行元の宝島社も勝負作として発売前から書店員にゲラを配って強烈にプッシュをしていて、仲間たちと熱い感想を語り合った記憶が忘れられない。終盤に用意された展開にまんまと引っ掛かり本気で舌を巻いた。「恐るべき作家が登場した。柚月裕子の名前は忘れてはならない」の原体験がここにあった。

『最後の証人』は主人公・佐《さ》方貞人《かたさだと》を軸としたシリーズとなり『検事の本懐』、『検事の死命』と連続刊行され、二〇一九年に待望の続編『検事の信義』が出たことも記憶に新しい。特筆すべきは二〇一二年に『検事の本懐』で大藪春彦《おおやぶはるひこ》賞を受賞したことだろう。同作で山本周五郎《やまもとしゅうごろう》賞の候補にも名を連ねて柚月裕子は文学界での地位を確固たるものとしたのだ。

二〇一四年に『蟻《あり》の菜園～アントガーデン～』、『パレートの誤算』、二〇一五年は『ウツボカズラの甘い息』、『孤《こ》狼《ろう》の血』、二〇一六年には『あしたの君へ』、『慈《じ》雨《う》』、このあたりの筆の漲《みなぎ》り方は尋常ではない。出す作品ごとに新鮮な驚きと同時にこの著者にしか描けない世界観が強まり唸《うな》るしかなかった。

代表作『孤狼の血』の登場には本当に驚かされた。単行本が出た当初から凶暴さや男臭さが群を抜いていたにもかかわらず、お客様そして書店員からも女性層の支持が強かった。社会の闇と正義の裏側を描いた骨太の作品自体も評価され直木賞と吉川英《よしかわえい》治《じ》文学新人賞の候補となり、日本推理作家協会賞（長編及び連作短編集部門）を受賞。二〇一八年公開の映画も大ヒットし、名実ともに当代随一という地位を確立した。明らかに柚月ブランドのステージがあがったのだ。『孤狼の血』原作文庫に引っ張られて『ウツボカズラの甘い息』や『慈雨』といった新規の文庫化タイトルも自分のいた都心の駅前書店だけでなく全国規模で追加が追いつかずまさに飛ぶように売れていった。

続々と世に送り出された名作群の中でも二〇一五年に単行本として刊行され二〇一八年に文庫化された『朽ちないサクラ』も印象深い。作家のブレイク時期とも重なって書店の店頭も大いに満開となった。自分自身も実行委員長として関わった書店員と読者の支持による第五回徳間文庫大賞に選出されたのも当然の流れ。受賞記念に柚月氏の写真とメッセージをメインとした新たなジャケットも大好評だった。

二〇一七年は本作『合理的にあり得ない　上水流涼子の解明』と『盤上《ばんじょう》の向日葵《ひまわり》』の発売があったが、『盤上の向日葵』も深く記憶に刻まれる作品だ。将棋をテーマにしたミステリーだが折しも藤井《ふじい》聡太《そうた》氏の出現による空前の将棋ブームと重なって非常に売りやすい物語だった。〝いい作家の作品は時代とリンクする〟を表していることに感心しつつ、一等地で展開した。書店員からの評価も非常に高く二〇一八本屋大賞第二位を獲得。長期にわたって店頭を賑《にぎ》わせた。この作品にはもう一つ思い出がある。勤務していた店舗でトークイベントを開催したのだが著者・柚月氏のお相手は当時タレント的人気でメディアを賑わせていた加藤一二三《かとうひふみ》氏。自由奔放な加藤氏の投げかけるボールをひとつひとつ的確に摑《つか》んで投げ返す柚月氏がプロフェッショナルなニュースキャスターのようで素晴らしかった。感性と理性のぶつかり合い、このライブは本当に感動ものであった。

ずいぶん遠回りしてしまったが、ここから『合理的にあり得ない　上水流涼子の解明』の話に入ろう。いま手元に単行本があるがまずは真っ赤なジャケットが鮮やかだ。真正面に主人公・上水流涼子の黒いシルエットが颯爽《さっそう》と描かれていて芯の強いキャラクターを際立たせている。帯コメントにこうある。

「殺し」と「傷害」以外、引き受けます。

美貌の元弁護士が、あり得ない依頼に知略をめぐらす鮮烈ミステリー!

『仁義なき戦い』の世界をこよなく愛する柚月氏はある意味男以上に男前のイケメン作家なのだが、この「美貌」と「知略」の部分が著者ご本人を彷彿させるのだ。この印象は読み終えるとさらに強まる。柚月氏もおそらく自分の思いの丈を上水流涼子に投影して思う存分に描き切った作品が本作なのだろう。車好きの柚月裕子が作中の上水流涼子のようにサーブを飛ばす姿が目に浮かぶ。読んでいて本当に清々しい気分になる。

　読ませどころはたくさんあるのだが、まずは構成の妙に注目したい。目次を開けば「確率的にあり得ない」「合理的にあり得ない」「戦術的にあり得ない」「心情的にあり得ない」「心理的にあり得ない」という五章から成り立つことがわかるのだが、各章ごとにテーマが明快で、その引き出しの豊富さと切れ味の鋭さは見事という他にない。さらに物語の中でタイトルが組み込まれており、ストーリー自体のアクセントともなっている。テクニシャンとしての著者の腕の確かさも伝わってくるのだ。

　キャラクターの魅力も読みどころのひとつ。公にできない揉《も》め事を解決する何でも屋「上水流エージェンシー」という会社の設定も文句なしだが、五編を読み進めるうちに主人公・上水流涼子の成長も実感できる。助手である貴山伸彦《たかやまのぶひこ》との距離感も基本的にはクールながら時おりハッとするくらい近づいてハラハラさせる。この二人には、目を引くような容姿に加え、涼子は空手に秀で黒帯の身体能力、貴山には東大卒の知力と心を見通す特殊能力を持つという、それぞれに並外れた才能があるのだが決して人を寄せつけない聖人君子《せいじんくんし》ではない。喜怒哀楽を大いにぶつける人間的な側面もあって憎めないのだ。そして同時に二人とも隠しておきたい過去を持っている。出会ったきっかけがこの物語の肝ともなるから読みやすい連作短編だからといって油断してはならない。

「確率的にあり得ない」は怪しい詐欺師に騙《だま》される会社社長の物語。経営決断に戸惑う二代目にとっていったい何が大切なのかを問いかける。さり気なく仕事の極意も教えてくれるビジネスものとしても読める。

「合理的にあり得ない」は余生を優雅に過ごす夫婦がメイン。隠れて大金をつぎ込む妻の本音とは？　これは夫婦、普遍的な家族の物語だ。希少価値の高い文庫本も登場するから読書ファンにも嬉しい。

「戦術的にあり得ない」は暴力団組織と将棋の対局が登場し、まさに『孤狼の血』と『盤上の向日葵』の世界を想起させる。そして将棋ソフトも関係してくるからＡＩ時代も意識した現代小説だ。

「心情的にあり得ない」は涼子と貴山の過去が繋《つな》がる思いもよらない復讐譚《ふくしゅうたん》。なぜ涼子が弁護士の資格を失ったかもわかり、ミステリーとしても秀逸だ。

「心理的にあり得ない」は実際に起きた野球賭博事件を思わせる作品。賭け方の計算式も書かれていて圧巻のリアリティがある。まさにこの社会の暗部を切り取った物語なのだ。そしてラスト一文に注目してほしい。主語を変えればこれは充実度満点のこの作品を書き上げた作家の本音が表れているし、大きく羽ばたいている作家・柚月裕子の勢いそのままの表現だ。ぜひ本文で体験してもらいたい。

困難な依頼も華麗なアプローチで乗り切り、トリックを仕掛けたり見破ったりの駆け引きも楽しいのだが、欲に塗《まみ》れて闇の世界を謳歌《おうか》する者たちに対する視線はことのほか厳しい。たとえ法律的には際どくとも真っ当に生きる人間たちに光を照らす柚月文学の本筋は本作からも溢れておりまったくぶれていないのだ。

これからもミステリー・エンターテインメントジャンルのど真ん中には柚月裕子がいて、売上増の救世主、女神といってもいい存在感を放ち続けるだろう。二〇二〇年も『孤狼の血』続編『凶犬の眼』の文庫化とシリーズ三部作完結編『暴虎《ぼうこ》の牙』の刊行があり、二〇二一年には「孤狼の血」の続編映画も予定されている。さらには「週刊文春」での連載作品『ミカエルの鼓動』と「週刊アサヒ芸能」連載『朽ちないサクラ』の続編『月下のサクラ』の単行本化、「STORY　BOX」(小学館)で実際に起きた事件に基づいた新作の連載など、今から楽しみでならない。

そして柚月裕子の化身ともいえる我らがヒロイン・上水流涼子のその後が気になる読者は僕だけではないはずだ。近い将来での再会もまた期待しておこう。

本書は二〇一七年二月、講談社より刊行されました。

なお、この物語はフィクションであり、実在するいかなる場所、団体、個人等とも一切関係ありません。

|著者|柚月裕子　1968年岩手県生まれ。2008年『臨床真理』で第7回「このミステリーがすごい！」大賞を受賞し、デビュー。'13年に『検事の本懐』で第15回大藪春彦賞、'16年に『孤狼《ころう》の血』で第69回日本推理作家協会賞（長編および連作短編集部門）を受賞。他の著書に『最後の証人』『あしたの君へ』『慈雨《じう》』『盤上の向日葵《ひまわり》』『検事の信義』『暴虎《ぼうこ》の牙』『ミカエルの鼓動』『チョウセンアサガオの咲く夏』『教誨』などがある。

合理的《ごうりてき》にあり得《え》ない　上水流涼子《かみづるりょうこ》の解明《かいめい》

柚月裕子《ゆづきゆうこ》

2020年5月15日第1刷発行
2023年4月19日第5刷発行

講談社文庫
定価はカバーに
表示してあります

発行者――鈴木章一
発行所――株式会社　講談社
東京都文京区音羽2-12-21　〒112-8001
電話　出版（03）5395-3510
　　　販売（03）5395-5817
　　　業務（03）5395-3615

Printed in Japan

KODANSHA

デザイン―菊地信義
本文データ制作―講談社デジタル製作
印刷―――大日本印刷株式会社
製本―――大日本印刷株式会社

ISBN978-4-06-519065-4

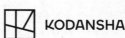

講談社文庫刊行の辞

二十一世紀の到来を目睫に望みながら、われわれはいま、人類史上かつて例を見ない巨大な転換期をむかえようとしている。

世界も、日本も、激動の予兆に対する期待とおののきを内に蔵して、未知の時代に歩み入ろうとしている。このときにあたり、創業の人野間清治の「ナショナル・エデュケイター」への志を現代に甦らせようと意図して、われわれはここに古今の文芸作品はいうまでもなく、ひろく人文・社会・自然の諸科学から東西の名著を網羅する、新しい綜合文庫の発刊を決意した。

激動の転換期はまた断絶の時代である。われわれは戦後二十五年間の出版文化のありかたへの深い反省をこめて、この断絶の時代にあえて人間的な持続を求めようとする。いたずらに浮薄な商業主義のあだ花を追い求めることなく、長期にわたって良書に生命をあたえようとつとめるところにしか、今後の出版文化の真の繁栄はあり得ないと信じるからである。

同時にわれわれはこの綜合文庫の刊行を通じて、人文・社会・自然の諸科学が、結局人間の学にほかならないことを立証しようと願っている。かつて知識とは、「汝自身を知る」ことにつきていた。現代社会の瑣末な情報の氾濫のなかから、力強い知識の源泉を掘り起し、技術文明のただなかに、生きた人間の姿を復活させること。それこそわれわれの切なる希求である。

われわれは権威に盲従せず、俗流に媚びることなく、渾然一体となって日本の「草の根」をかたちづくる若く新しい世代の人々に、心をこめてこの新しい綜合文庫をおくり届けたい。それは知識の泉であるとともに感受性のふるさとであり、もっとも有機的に組織され、社会に開かれた万人のための大学をめざしている。大方の支援と協力を衷心より切望してやまない。

一九七一年七月

野間省一

東川篤哉　純喫茶「一服堂」の四季
東山彰良　流《りゅう》
東山彰良　女の子のことばかり考えていたら、1年が経っていた。
平田研也　小さな恋のうた
日野　草　ウエディング・マン
平岡陽明　僕が死ぬまでにしたいこと
ビートたけし　浅草キッド
ひろさちや　すらすら読める歎異抄《たんにしょう》
藤沢周平　新装版 春秋の檻〈獄医立花登手控え㈠〉
藤沢周平　新装版 風雪の檻〈獄医立花登手控え㈡〉
藤沢周平　新装版 愛憎の檻〈獄医立花登手控え㈢〉
藤沢周平　新装版 人間の檻〈獄医立花登手控え㈣〉
藤沢周平　新装版 闇の歯車
藤沢周平　新装版 市塵 (上)(下)
藤沢周平　新装版 決闘の辻
藤沢周平　新装版 雪明かり
藤沢周平　義民が駆ける〈レジェンド歴史時代小説〉
藤沢周平　喜多川歌麿女絵草紙
藤沢周平　闇の梯子

藤沢周平　長門守の陰謀
古井由吉　この道
藤田宜永　樹下の想い
藤田宜永　女系の総督
藤田宜永　女系の教科書
藤田宜永　血の弔旗
藤田宜永　大雪物語
藤　水名子　紅嵐記 (上)(中)(下)
藤原伊織　テロリストのパラソル
藤本ひとみ　新・三銃士 少年編・青年編〈ダルタニャンとミラディ〉
藤本ひとみ　皇妃エリザベート
藤本ひとみ　失楽園のイヴ
藤本ひとみ　密室を開ける手
福井晴敏　亡国のイージス (上)(下)
福井晴敏　終戦のローレライ I〜IV
藤原緋沙子　遠花火〈見届け人秋月伊織事件帖〉
藤原緋沙子　春《はる》疾《はや》風《て》〈見届け人秋月伊織事件帖〉
藤原緋沙子　暖《ぬくめ》鳥《どり》〈見届け人秋月伊織事件帖〉
藤原緋沙子　霧の路《みち》〈見届け人秋月伊織事件帖〉

藤原緋沙子　鳴《なる》子《こ》守《もり》〈見届け人秋月伊織事件帖〉
藤原緋沙子　夏ほたる〈見届け人秋月伊織事件帖〉
藤原緋沙子　笛吹川〈見届け人秋月伊織事件帖〉
藤原緋沙子　青《せい》嵐《らん》〈見届け人秋月伊織事件帖〉
椹野道流　亡羊の嘆〈鬼籍通覧〉
椹野道流　新装版 暁天の星〈鬼籍通覧〉
椹野道流　新装版 無《む》明《みょう》の闇〈鬼籍通覧〉
椹野道流　新装版 壺《こ》中《ちゅう》の天〈鬼籍通覧〉
椹野道流　新装版 隻《せき》手《しゅ》の声〈鬼籍通覧〉
椹野道流　新装版 禅《ぜん》定《じょう》の弓〈鬼籍通覧〉
椹野道流　池《ち》魚《ぎょ》の殃《わざわい》〈鬼籍通覧〉
椹野道流　南《なん》柯《か》の夢〈鬼籍通覧〉
深水黎一郎　ミステリー・アリーナ
藤谷　治　花や今宵の
古市憲寿　働き方は「自分」で決める
船瀬俊介　かんたん「1日1食」!!〈万病が治る！ 20歳若返る！〉
藤野可織　ピエタとトランジ
古野まほろ　身《ジ》元《エン》不《ド》明《ウ》〈特殊殺人対策官 箱崎ひかり〉
古野まほろ　陰陽少女

講談社文庫　目録

宮本　輝　新装版 命の器
宮本　輝　新装版 避暑地の猫
宮本　輝　新装版 ここに地終わり 海始まる(上)(下)
宮本　輝　新装版 花の降る午後(上)(下)
宮本　輝　新装版 オレンジの壺(上)(下)
宮本　輝　にぎやかな天地(上)(下)
宮本　輝　新装版 朝の歓び(上)(下)
宮城谷昌光　夏姫春秋(上)(下)
宮城谷昌光　花の歳月
宮城谷昌光　重《ちょう》耳《じ》(全三冊)
宮城谷昌光　介《かい》子《し》推《すい》
宮城谷昌光　孟嘗君 全五冊
宮城谷昌光　子産(上)(下)
宮城谷昌光　湖底の城〈呉越春秋〉一
宮城谷昌光　湖底の城〈呉越春秋〉二
宮城谷昌光　湖底の城〈呉越春秋〉三
宮城谷昌光　湖底の城〈呉越春秋〉四
宮城谷昌光　湖底の城〈呉越春秋〉五
宮城谷昌光　湖底の城〈呉越春秋〉六

宮城谷昌光　湖底の城〈呉越春秋〉七
宮城谷昌光　湖底の城〈呉越春秋〉八
宮城谷昌光　湖底の城〈呉越春秋〉九
宮城谷昌光　俠骨記〈新装版〉
水木しげる　コミック昭和史1〈関東大震災～満州事変〉
水木しげる　コミック昭和史2〈満州事変～日中全面戦争〉
水木しげる　コミック昭和史3〈日中全面戦争～太平洋戦争開始〉
水木しげる　コミック昭和史4〈太平洋戦争前半〉
水木しげる　コミック昭和史5〈太平洋戦争後半〉
水木しげる　コミック昭和史6〈終戦から朝鮮戦争〉
水木しげる　コミック昭和史7〈講和から復興〉
水木しげる　コミック昭和史8〈高度成長以降〉
水木しげる　敗走記
水木しげる　白い旗
水木しげる　姑《クー》娘《ニャン》
水木しげる　決定版 日本妖怪大全〈妖怪・あの世・神様〉
水木しげる　ほんまにオレはアホやろか
水木しげる　総員玉砕せよ!〈新装完全版〉
宮部みゆき　新装版 震える岩〈霊験お初捕物控〉

宮部みゆき　新装版 天狗風〈霊験お初捕物控〉
宮部みゆき　ICO《イコ》―霧の城―(上)(下)
宮部みゆき　ぼんくら(上)(下)
宮部みゆき　新装版 日暮らし(上)(下)
宮部みゆき　おまえさん(上)(下)
宮部みゆき　小暮写眞館(上)(下)
宮部みゆき　ステップファザー・ステップ〈新装版〉
宮子あずさ　看護婦が見つめた人間が死ぬということ
宮本昌孝　家康、死す(上)(下)
三津田信三　忌《い》館《かん》〈ホラー作家の棲む家〉
三津田信三　作者不詳〈ミステリ作家の読む本〉(上)(下)
三津田信三　蛇《じゃ》棺《かん》葬《そう》
三津田信三　百《ひゃく》蛇《じゃ》堂《どう》〈怪談作家の語る話〉
三津田信三　厭魅《まじもの》の如き憑くもの
三津田信三　凶鳥《まがとり》の如き忌むもの
三津田信三　首無《くびなし》の如き祟るもの
三津田信三　山魔《やまんま》の如き嗤《わら》うもの
三津田信三　水魑《みずち》の如き沈むもの
三津田信三　密室《ひめむろ》の如き籠《こも》るもの

三津田信三 生霊《いきだま》の如き重《だぶ》るもの
三津田信三 幽女《ゆうじょ》の如き怨むもの
三津田信三 碆霊《はえだま》の如き祀るもの
三津田信三 魔偶《まぐう》の如き齎《もたら》すもの
三津田信三 シェルター 終末の殺人
三津田信三 ついてくるもの
三津田信三 誰かの家
三津田信三 忌《い》物《ぶつ》堂《どう》鬼《き》談《だん》
道尾秀介 カラスの親指〈by rule of CROW's thumb〉
道尾秀介 カエルの小指〈a murder of crows〉
道尾秀介 水の柩
深《み》木《き》章《あき》子《こ》 鬼畜の家
湊かなえ リバース
宮内悠介 彼女がエスパーだったころ
宮内悠介 偶然の聖地
宮乃《みやの》崎桜子《さきさくらこ》 綺《き》羅《ら》の皇《ひめ》女《みこ》(1)
宮乃崎桜子 綺羅の皇女(2)
三國青葉 損料屋見鬼《けんき》控え 1
三國青葉 損料屋見鬼控え 2

三國青葉 損料屋見鬼控え 3
三國青葉 福 猫 屋〈お佐和のねこだすけ〉
三國青葉 福 猫 屋〈お佐和のねこかし〉
宮西真冬 誰かが見ている
宮西真冬 首の鎖
宮西真冬 友達未遂
南 杏子 希望のステージ
嶺里俊介 だいたい本当の奇妙な話
村上 龍 愛と幻想のファシズム (上)(下)
村上 龍 村上龍料理小説集
村上 龍 新装版 限りなく透明に近いブルー
村上 龍 新装版 コインロッカー・ベイビーズ
村上 龍 歌うクジラ (上)(下)
向田邦子 新装版 眠る盃
向田邦子 新装版 夜中の薔薇
村上春樹 風の歌を聴け
村上春樹 1973年のピンボール
村上春樹 羊をめぐる冒険 (上)(下)
村上春樹 カンガルー日和

村上春樹 回転木馬のデッド・ヒート
村上春樹 ノルウェイの森 (上)(下)
村上春樹 ダンス・ダンス・ダンス (上)(下)
村上春樹 遠い太鼓
村上春樹 国境の南、太陽の西
村上春樹 やがて哀しき外国語
村上春樹 アンダーグラウンド
村上春樹 スプートニクの恋人
村上春樹 アフターダーク
村上春樹 佐々木マキ絵 羊男のクリスマス
村上春樹 佐々木マキ絵 ふしぎな図書館
村上春樹 糸井重里 夢で会いましょう
村上春樹・文 安西水丸・絵 ふわふわ
U・K・ル＝グウィン 村上春樹訳 空飛び猫
U・K・ル＝グウィン 村上春樹訳 帰ってきた空飛び猫
U・K・ル＝グウィン 村上春樹訳 素晴らしいアレキサンダーと、空飛び猫たち
U・K・ル＝グウィン 村上春樹訳 空を駆けるジェーン
T・ファリッシュ著 B・ルート絵 村上春樹訳 ポテト・スープが大好きな猫
村山由佳 天翔る

睦月影郎　密　通　妻
睦月影郎　快楽アクアリウム
向井万起男　渡る世間は「数字」だらけ
村田沙耶香　授　乳
村田沙耶香　マ　ウ　ス
村田沙耶香　星が吸う水
村田沙耶香　殺　人　出　産
村瀬秀信　気がつけばチェーン店ばかりでメシを食べている
村瀬秀信　それでも気がつけばチェーン店ばかりでメシを食べている
虫眼鏡　東海オンエアの動画が6.4倍楽しくなる本〈虫眼鏡の概要欄　クロニクル〉
森村誠一　悪　道
森村誠一　悪道　西国謀反
森村誠一　悪道　御三家の刺客
森村誠一　悪道　五右衛門の復讐
森村誠一　悪道　最後の密命
森村誠一　ねこの証明
毛利恒之　月　光　の　夏
森　博嗣　すべてがFになる〈THE PERFECT INSIDER〉
森　博嗣　冷たい密室と博士たち〈DOCTORS IN ISOLATED ROOM〉

森　博嗣　笑わない数学者〈MATHEMATICAL GOODBYE〉
森　博嗣　詩的私的ジャック〈JACK THE POETICAL PRIVATE〉
森　博嗣　封　印　再　度〈WHO INSIDE〉
森　博嗣　幻惑の死と使途〈ILLUSION ACTS LIKE MAGIC〉
森　博嗣　夏のレプリカ〈REPLACEABLE SUMMER〉
森　博嗣　今はもうない〈SWITCH BACK〉
森　博嗣　数奇にして模型〈NUMERICAL MODELS〉
森　博嗣　有限と微小のパン〈THE PERFECT OUTSIDER〉
森　博嗣　黒　猫　の　三　角〈Delta in the Darkness〉
森　博嗣　人形式モナリザ〈Shape of Things Human〉
森　博嗣　月は幽咽のデバイス〈The Sound Walks When the Moon Talks〉
森　博嗣　夢・出逢い・魔性〈You May Die in My Show〉
森　博嗣　魔　剣　天　翔〈Cockpit on knife Edge〉
森　博嗣　恋恋蓮歩の演習〈A Sea of Deceits〉
森　博嗣　六人の超音波科学者〈Six Supersonic Scientists〉
森　博嗣　捩れ屋敷の利鈍〈The Riddle in Torsional Nest〉
森　博嗣　朽ちる散る落ちる〈Rot off and Drop away〉
森　博嗣　赤　緑　黒　白〈Red Green Black and White〉
森　博嗣　四季　春～冬

森　博嗣　φ《ファイ》は壊れたね〈PATH CONNECTED φ BROKE〉
森　博嗣　θ《シータ》は遊んでくれたよ〈ANOTHER PLAYMATE θ〉
森　博嗣　τ《タウ》になるまで待って〈PLEASE STAY UNTIL τ〉
森　博嗣　ε《イプシロン》に誓って〈SWEARING ON SOLEMN ε〉
森　博嗣　λ《ラムダ》に歯がない〈λ HAS NO TEETH〉
森　博嗣　η《イータ》なのに夢のよう〈DREAMILY IN SPITE OF η〉
森　博嗣　目薬α《アルファ》で殺菌します〈DISINFECTANT α FOR THE EYES〉
森　博嗣　ジグβ《ベータ》は神ですか〈JIG β KNOWS HEAVEN〉
森　博嗣　キウイγ《ガンマ》は時計仕掛け〈KIWI γ IN CLOCKWORK〉
森　博嗣　χ《カイ》の悲劇〈THE TRAGEDY OF χ〉
森　博嗣　ψ《プサイ》の悲劇〈THE TRAGEDY OF ψ〉
森　博嗣　イナイ×イナイ〈PEEKABOO〉
森　博嗣　キラレ×キラレ〈CUTTHROAT〉
森　博嗣　タカイ×タカイ〈CRUCIFIXION〉
森　博嗣　ムカシ×ムカシ〈REMINISCENCE〉
森　博嗣　サイタ×サイタ〈EXPLOSIVE〉
森　博嗣　ダマシ×ダマシ〈SWINDLER〉
森　博嗣　女王の百年密室〈GOD SAVE THE QUEEN〉
森　博嗣　迷宮百年の睡魔〈LABYRINTH IN ARM OF MORPHEUS〉

森　博嗣　赤目姫の潮解〈LADY SCARLET EYES AND HER DELIQUESCENCE〉
森　博嗣　まどろみ消去〈MISSING UNDER THE MISTLETOE〉
森　博嗣　地球儀のスライス〈A SLICE OF TERRESTRIAL GLOBE〉
森　博嗣　レタス・フライ〈Lettuce Fry〉
森　博嗣　僕は秋子に借りがある I'm in Debt to Akiko〈森博嗣自選短編集〉
森　博嗣　どちらかが魔女 Which is the Witch?〈森博嗣シリーズ短編集〉
森　博嗣　喜嶋先生の静かな世界〈The Silent World of Dr.Kishima〉
森　博嗣　そして二人だけになった〈Until Death Do Us Part〉
森　博嗣　つぶやきのクリーム〈The cream of the notes〉
森　博嗣　ツンドラモンスーン〈The cream of the notes 4〉
森　博嗣　つぼみ茸《きのこ》ムース〈The cream of the notes 5〉
森　博嗣　つぶさにミルフィーユ〈The cream of the notes 6〉
森　博嗣　月夜のサラサーテ〈The cream of the notes 7〉
森　博嗣　つんつんブラザーズ〈The cream of the notes 8〉
森　博嗣　ツベルクリンムーチョ〈The cream of the notes 9〉
森　博嗣　追懐のコヨーテ〈The cream of the notes 10〉
森　博嗣　積み木シンドローム〈The cream of the notes 11〉
森　博嗣　カクレカラクリ〈An Automaton in Long Sleep〉
森　博嗣　DOG&DOLL

森　博嗣　森には森の風が吹く〈My wind blows in my forest〉
森　博嗣　アンチ整理術〈Anti-Organizing Life〉
森　博嗣　萩尾望都　原作　トーマの心臓〈Lost heart for Thoma〉
諸田玲子　森家の討ち入り
森　達也　すべての戦争は自衛から始まる
本谷有希子　腑抜けども、悲しみの愛を見せろ
本谷有希子　江利子と絶対〈本谷有希子文学大全集〉
本谷有希子　あの子の考えることは変
本谷有希子　嵐のピクニック
本谷有希子　自分を好きになる方法
本谷有希子　異類婚姻譚
本谷有希子　静かに、ねぇ、静かに
茂木健一郎　「赤毛のアン」に学ぶ幸福《しあわせ》になる方法
森林原人　セックス幸福論〈偏差値78のAV男優が考える〉
桃戸ハル編・著　5分後に意外な結末〈ベスト・セレクション〉
桃戸ハル編・著　5分後に意外な結末〈ベスト・セレクション　黒の巻・白の巻〉
桃戸ハル編・著　5分後に意外な結末〈ベスト・セレクション　心震える赤の巻〉
桃戸ハル編・著　5分後に意外な結末〈ベスト・セレクション　心弾ける橙の巻〉
森　功　高倉　健〈隠し続けた七つの顔と「謎の養女」〉

森　功　地面師〈他人の土地を売り飛ばす闇の詐欺集団〉
望月麻衣　京都船岡山アストロロジー
望月麻衣　京都船岡山アストロロジー2〈星と創作のアンサンブル〉
山田風太郎　甲賀忍法帖〈山田風太郎忍法帖①〉
山田風太郎　伊賀忍法帖〈山田風太郎忍法帖③〉
山田風太郎　忍法八犬伝〈山田風太郎忍法帖④〉
山田風太郎　風来忍法帖〈山田風太郎忍法帖⑪〉
山田風太郎　新装版 戦中派不戦日記
山田正紀　大江戸ミッション・インポッシブル〈顔役を消せ〉
山田正紀　大江戸ミッション・インポッシブル〈幽霊船を奪え〉
山田詠美　晩年の子供
山田詠美　A《エイ》2《トゥ》Z《ズィ》
山田詠美　珠玉の短編
柳家小三治　ま・く・ら
柳家小三治　もひとつま・く・ら
柳家小三治　バ・イ・ク
山口雅也　落語魅《ミ》捨理《ステリ》全集〈坊主の愉しみ〉
山本一力　深川黄表紙掛取り帖
山本一力　牡丹酒〈深川黄表紙掛取り帖㈡〉

2023年 3月15日現在